공부하다 죽어라

# 공부하다 죽어라

혜암스님의 벼락같은 화두

정찬주

열림원

그대가 지금 하는 일이 공부다

# 지금 하는 일이 공부다

세월은 가는 것인가, 오는 것인가. 간다고 하면 아쉽고 온다고 하면 가슴이 설렌다. 그러나 본래는 오고 감이 없으니 집착할 것도 없다. 아쉬우면 아쉬운 대로, 설레면 설레는 대로 느낌을 충만하게 받아들이면 그만이다. 나는 지금 올해와 내년의 경계에서 책 한 권을 놓고 넘나들고 있는 셈이다.

이 책은 혜암스님이 정진했던 가야산, 오대산, 지리산, 태백산, 영축산 등을 가서 스님의 삶을 거울삼아 내 인생을 반조해보는 틀로 써내려간 산문집이다. 혜암스님은 승속을 불문하고 늘 '공부하다 죽어라'라고 법문하신 분으로 유명하다. 스님이 수행했던 산중 암자를 다니면서 문득 '공부하다 죽어라'가 절 울타리 안의 단순한 법문이 아니라 우리 같은 보통사람들에게 던진 벼락같은 화두라는 것을 깨달았다.

화두 하면 중국의 선사들이 남긴 간화선의 활구活口로 알고 있지만 가만히 돌아보니 우리나라의 현대 고승들이 남긴 화두도 적지 않았다. 경봉스님의 '극락에는 길이 없는데 어떻게 왔는가?'나 성철스님의 '부처님에게 삼천배하라' 등이 그것이었다.

혜암스님은 보통사람들에게 '화두는 삼팔선'이란 말씀을 많이 하셨다. 남이 깨달은 진리를 내 것인 양하지 않는 스님의 성정이 느껴지는 말씀인데, 늘 다음과 같이 당부하셨던 것이다.

"도(道, 진리)란 이 세상의 허망한 법(삶)하고 멀리 떨어져 있지 않습니다. 오히려 딱 붙어 있는데 그걸 모르고 살고 있는 것입니다. 그러니 화두는 성불의 방으로 가는 문고리와 같은 것입니다. '화두 당처가 부처님 마음자리다'라는 대목이 나오는데 한 생각만 뒤집어보면 바로 부처님이 되어버립니다. 도 자리하고 딱 붙어 있는 삼팔선이기 때문입니다."

한 생각을 뒤집어보라는 말씀은 사고의 대전환을 의미한다. 깨달음이란 단어를 너무 종교적으로 어렵게 해석해서는 안 된다. 일상의 말로 환치하면 삶을 바라보는 사고의 대전환이자 삶에 임하는 태도의 대반전이다.

스님은 화두를 들고 공부하는 것이 나를 알고 인생을 아는 데 지름길이라고 말씀했다. 다 알다시피 화두를 들고 공부하는 것을 간화선이라고 한다. 중국의 당송시대에 만개했던 간화선을 왜 오늘을 사는 우리 같은 보통사람들에게 간곡히 권유하셨는지 그 뜻을 알아야 비로소 혜암스님을 이해할 수 있다.

　나도 처음에는 간화선이 인간의 본질을 가장 빠르게 이해시키기 때문(화두를 든 지 3일, 5일, 7일 만에 깨우침을 준다)에 속도를 요구하는 과학의 시대와 가장 잘 어울리는 수행법이 아닌가 하고 긍정적으로 생각했지만 한편으로는 노승들이 과거 수행법에만 매달리는 한계가 있는 것이 아닌가 하고 의혹의 눈길을 보낸 적도 있다. 그러나 동양의 불교학자나 미국의 석학들에 의하면 우리가 간화선의 진정한 가치를 실감하지 못하고 있다는 사실을 부인할 수 없다.

　미국의 동아시아 불교 연구 학자이자 UCLA 대학 정교수인 로버트 버스웰(Robert Buswell) 박사는 간화선을 다음과 같이 극찬한 바 있다.

　"간화선은 선종쇠퇴의 산물이 아니라 오히려 동아시아 불교명상의 토착화에 있어 가장 창조적인 산물이다. 동아시아 불교신자들은 간화선을 통해 비로소 불교정신의 최고 단계에 승속 구분 없이 접근할 수 있게 되었다."

　더구나 로버트 버스웰 박사는 단순한 연구자가 아니라 직접 간화선 수행을 해본 학자로서 그가 수행한 과정을 나도 들어 알고 있다. 범어사 주지이자 안국선원 선원장 수불스님에게 화두를 받고 정진하다가 7일도 못 되어서 화두가 타파되자 선원 바닥에 큰 대大자로 누워 미친 듯 파안대소했다는 얘기를 수불스님으로부터 직접 들었던 것이다. 두말 할 것도 없이 그가 정진하고 있던 옆 사람 눈치 보지 않고 누워서 크게 웃었던 것은 '나는 누구인가?'라는 의문이 해소됐기 때문이었을 것이다.

그런데 보통사람들인 우리가 지나치고 있는 사실이 하나 있다. 혜암스님은 누누이 도와 삶은 하나의 자리에 있다고 강조하시는데 우리는 진리와 삶이 따로 떨어져 있는 것으로 알고 그것을 찾기 위해 이리저리 헤매고 있다는 것이다. 나는 간화선의 목적이 무아無我를 절감하는 것이 아닌가 하고 생각할 때가 많다. 무아만 치열하게 절감해도 헛된 집착과 욕심의 덫에서 벗어나 남을 배려하는 거듭난 삶을 맞이할 수 있다.

작가인 나는 글을 쓰면서 어느 순간에 내가 사라져버리는 것을 체험하곤 한다. 작품에 등장하는 인물들과 동일화돼버리는 것이다. 즉 무아가 저절로 이루어져 내가 증발해버리는 것이다. 그렇다고 의식마저 없어지는 것은 아니다. 깨어 있는 의식은 등장인물들과 소통을 하기 때문이다. 선사들이 보았을 때 이것이 낮은 단계 혹은 터무니없는 수행일지는 모르겠지만 어쨌든 나와 일이 하나가 되는, 무아를 체험하는 것만은 분명하다.

나의 이러한 자각은 모든 사람들에게도 해당될 거라고 본다. 학생은 무아를 느낄 때까지 즐겁게 공부해야 하고, 직장인은 조직 속에서 무아를 경험할 만큼 나를 비워야 하고, 우리 사회의 지도자들

역시 나를 버리는 무아 상태에서 희생하고 봉사해야 된다고 여겨진다. 그렇게 본다면 혜암스님이 말씀하신 '공부하다 죽어라'는 직접적으로는 위법망구爲法忘軀, 진리를 구하고자 한다면 몸을 버리라는 의미이겠지만 또 한편으로는 무슨 일을 하든지 지금 자기가 집중하고 있는 일에 나라는 존재가 사라질 때까지 녹아들라는 의미가 될 수도 있을 것 같다.

내가 자각한 바는 바로 이것이다. 우리가 지금 하는 일에 스님의 '공부하다 죽어라'라는 말씀을 화두 삼아 무아를 체험할 수 있을 정도로 온몸을 다 바친다면 그것이 바로 수행이고 삶의 행복이 아닐까 싶다. 그 일이 자기를 위하고 남을 위한 일이라면 복덕福德까지 쌓는 일이니 얼마나 더없는 행복이고 정진인가!

끝으로 혜암스님의 사진을 협조해주신 원각스님과 무상스님 그리고 혜암스님의 법문 테이프 내용을 제공해주신 각안스님 후의에 감사를 드리며, 이 책에 대해서 오래전부터 관심과 애정을 보인 열림원 정중모 대표에게 고마움을 표하지 않을 수 없다. 해마다 좌우명을 하나씩 선사하는 의미로 책을 내자고 함께 의기투합했는데, 몇 년 전에는 성철스님이 평생 정진했던 뜻을 모아 『자기를 속이지 말라』를 펴냈고, 재작년 연초에는 법정스님의 고결한 삶을 좇는 『그대만의 꽃을 피워라』를 냈고, 이번에는 혜암스님이 세상에 던진 벼락같은 화두를 좇아 『공부하다 죽어라』를 발간하게 된 것이다.

한편, 함께 산행하며 고생했던 사진작가 유동영 님에게도 감사의 말을 하고 싶다. 유 작가의 따뜻한 마음이 담긴 사진은 내 글이 전하지 못하는 부분을 넘치게 채워주고 있으며 어떤 사진은 홀연히 마음의 눈을 맑혀준다는 점에서 소중하고 탁월한 바, 세상 사람들에게 사랑을 더욱더 받았으면 하는 바람을 가져본다. 주어진 편집 환경 속에서 좋은 책을 만들기 위해 밤새워 고생한 강희진 부장에게도 고마움을 헤아려보지 않을 수 없다. 알게 모르게 도움을 준 세상의 모든 분들에게도 이 지면을 빌려 고마움을 전하고 싶다.

남도산중 이불재에서
벽록 정찬주

서문 | 지금 하는 일이 공부다 • 9

제1장 **가야산 1**

**백 척 장대 끝에서 한 걸음 더 나아가라** • 21
밥 적게 먹는 것이 공부하는 데 첫발이다
팔 하나 잘라버릴 각오로 공부하라

**선禪이란 자기 정신으로 살고자 하는 인생 공부다** • 48
이는 강해야 하고, 혀는 부드러워야 한다
선도 생각하지 말고, 악도 생각하지 말라

**마음이란 경전은 항상 환한 빛을 발하고 있네** • 59
무엇이 네 송장을 끌고 왔느냐?
일주일 안에 깨치지 못하면 죽으리라

제2장 **오대산**

청산은 나를 보고 물같이 바람같이 살라 하네 • 75
한 길을 말하는 것은 한 자를 가는 것만 못하다
가을 산길을 홀로 걸어보자

겨울을 나지 않은 인동초가 어찌 꽃을 피울 수 있으리 • 90
오대산본 조선왕조실록은 왜 오대산으로 돌아오지 못하는 것일까?
피가 얼 정도의 영하 20도 방에서 마침내 오도송을 부르다


제3장 **지리산**

그대가 지금 하는 일이 바로 공부다 • 105
나라는 존재는 망망대해에 뜬 일엽편주일 뿐이다
선禪이란 믿음에서 바로 들어가는 것이다
지금 하는 일에만 마음을 두어라

뜻은 처음처럼, 행동은 한결같이 하라 • 117
좌선이란 몸이 아닌 마음이 앉아 있는 것이다
용맹정진은 자신의 무한한 능력을 깨닫게 해준다

별은 단잠을 즐기라고 반짝이는 것이 아니다 • 128
임진왜란 때 승병장이었던 청매조사의 혼이 깃든 도솔암
도인은 뒷사람을 위해 살고 보통사람은 자기를 위해 산다

연꽃을 보고 자비로써 중생을 보살펴라 • 144
제사란 산 자가 죽은 자에게 바치는 정성의 의식이다
뾰족한 마음을 금강검으로 베어내라

제4장 **태백산**

공부하는 사람들은 가난부터 배워라 • 159
'공부귀신'이 되어야지 '음식귀신'이 되어서는 안 된다
진정한 공부는 나의 주인을 찾는 공부다


제5장 **영축산**

공부에 진취가 없거든 다리를 뻗고 울어라 • 175
성철스님과 한겨울에 천제굴의 구들장을 파놓고 정진하다
통도사 극락암 경봉스님 회상에서 선객들의 큰절을 받다


제6장 **가야산 2**

부처도 내 공부 해주지 않는다 • 195
진승眞僧은 하산하고 가승假僧은 입산한다
"서울 가는데 서울이 안 나올 턱이 있습니까?"
청산이 바삐 가는 흰 구름을 보고 웃는다


혜암스님 어록 • 215
혜암스님 행장 • 247

# 가야산 1

## 원당암 · 해인사 퇴설당

개울물이 콸콸 소리쳐 흐르는 다리를 건너는 순간 마음이 편안하다.

마음을 어지럽히던 열뇌熱惱가 사라져버린 듯하다.

눈을 뜨겁게 하던 번뇌가 사라지니 마음이 청량하다.

원당암 가는 길의 조화인가? 그건 아니다.

내가 나라고 고집하는 나를 무심코 놓아버렸기 때문이다.

# 백 척 장대 끝에서
# 한 걸음 더 나아가라

이제 원당암은 고향집 같다. 개울물이 콸콸 소리쳐 흐르는 다리를
건너는 순간 마음이 편안하다. 마음을 어지럽히던 열뇌熱惱가 사라
져버린 듯하다. 몸을 뜨겁게 하던 번뇌가 사라지니 마음이 청량하
다. 원당암 가는 길의 조화인가? 그건 아니다. 내가 나라고 고집하
는 나를 무심코 놓아버렸기 때문이다. 마음을 잠시 비운 반사작용
이다. 원당암의 자연이 빈 마음을 채워주는 느낌이다. 이런 상태를
진공묘유眞空妙有, 텅 빈 충만이라고 하는가. 산들바람 한 자락이
가야산 산그림자를 밟는 내 가슴을 투과하고 있는 것이다.

   암자에 오른 나는 미소굴을 먼저 찾는다. 미소굴에는 혜암스님의
진영이 여전히 걸려 있다. 어른을 찾아가 뵙는 것이 예의니까. 미소
굴 옆에는 아직도 커다란 기둥이 하나 박혀 있다. 기둥에는 스님의
친필이 한 줄 쓰여 있다.

'공부하다 죽어라.'

볼 때마다 의미심장하게 다가온다. 수행자에게 던진 법어이겠지만 누구에게나 깨우침을 주는 불벼락 같은 말씀이다. 작가인 내 경우에는 글을 쓰다가 죽으라는 말씀으로 들린다. 동행한 유동영 사진작가에게는 사진을 찍다가 죽으라는 것이다. 우스갯소리지만 고시 공부하는 고시생들이 가장 좋아하는 말이라고 한다. 혜암스님은 몰라도 이 한 구절은 다 알고 있단다. 하긴 무슨 일이든 죽을 각오로 임한다면 못 이룰 일이 없을 터이다.

선가禪家에서는 백척간두 진일보라고 한다. 백척간두에 섰지만 다시 한 걸음 더 나아가라는 말이다. 거기에 참으로 행복해지는 활로가 있다는 것이다. 관념적인 얘기가 아니라 화두를 들고 참구해본 수행자들이 한결같이 경험해본 결과이다. 백척간두 진일보의 출처는 공안집인 『무문관』 46칙에 간두진보竿頭進步라는 줄임말로 나온다. 46칙을 소개하자면 다음과 같다.

석상스님이 말하였다.

"백 척 장대 끝에서 어떻게 나아갈 것인가?"

또 고덕(古德, 장사스님)이 이르기를,

"백 척의 장대 끝에 앉아 있는 사람이라 하더라도 구경(究竟, 깨달

혜암스님이 입적했던 미소굴과 '공부하다 죽어라' 기둥

음)이 될 수 없으니 백 척 장대 끝에서 한 걸음 더 나아가야 시방세계에 온몸을 나타내는 것이다." 하였다.

아마도 석상스님은 어느 날 저잣거리를 지나던 중에 곡예사가 긴 장대 끝으로 올라가 사뿐히 뛰어내리는 광경을 목격하고서 마음에 각인된 바가 있어 절로 돌아와 제자들에게 위와 같은 법문을 하지 않았나 싶다. 백 척 장대 끝에 올라가 앉아 있다 하더라도 그것은 공부에 힘을 썼을 뿐이지 대자유에 이른 경지는 아니라는 뜻이리라. 시방세계에 온몸을 나타내는 구경의 깨달음은 아니라는 것이다. 시방세계에 온몸을 나타내는 구체적인 존재는 무엇일까? 그것은 천지사방으로 걸림 없이 불어가는 바람이 아닐까 싶다. 부처님은 이미 2천5백 년 전에 해탈이나 견성을 모든 사람들이 이해하기 쉽게 '그물에 걸리지 않는 바람처럼'이라고 말했던 것이다!

미소굴 안으로 들어가니 의병대장 같은 강개한 눈빛의 혜암스님 진영이 걸려 있다. 붓으로 그린 초상화가 아니라 사진이다. 돌아가신 분의 사진을 걸어둔 것을 보고 혹자는 우상이라고 비난할지도 모른다. 그러나 진영의 참뜻을 알게 된다면 그러한 오해는 하지 않으리라. 진영眞影이란 그림자를 통해서 진리로 들어간다는 뜻이다. 더 쉽게 풀자면 사진이란 혜암스님의 그림자를 징검다리 삼아서 혜암스님의 진면목에 다가선다는 말이다.

미소굴에서 입적하신 혜암스님의 유품들

스님께 삼배하고 나니 문득 스님을 찾아뵙고 인생의 의혹들을 물었던 기억이 난다. 그때가 1998년 여름이었을 것이다. 스님은 평상에 앉아 계시면서 햇살이 따가운지 자꾸만 머리를 만지곤 했었다. 스님의 나이 70대 후반이었고, 내 나이 40대 후반이었다. 그러니까 지금으로부터 14년도 넘은 일이다.

미소굴을 나서니 바로 눈 아래가 법당이다. 푸른 청석의 아기자기한 다층석탑(보물 518호)도 보인다. 그날 법당 마당에 놓인 평상 위에서 장장 네 시간 동안 수조에 떨어지는 물처럼 막힘이 없던 스님의 말씀을 들었던 것이다. 다행히 그날 스님께 들었던 말씀을 집으로 돌아와 메모해두었던 노트가 있다.

다 적지는 못했지만 그런대로 스님의 가풍이랄까 말씀의 대의大意는 벗어나지 않은 듯하다. 더 줄인다면 스님의 말씀에 허물이 될 것 같으므로 메모해둔 그대로 옮겨본다.


밥 적게 먹는 것이 공부하는 데 첫발이다

문: 큰스님, 언제 봬도 태산 같습니다.
답: 늘 여여如如합니다. 우리 수도자 생활은 정해져 있기 때문에 변화가 있을 수 없습니다.

문: 장마가 끝나서인지 가야산이 한층 청청합니다. 가야산에 골프장 건설을 놓고 한 회사와 해인사 대중 간에 맞서 있습니다. 더구나 해인사에는 민족의 성보인 팔만대장경이 있지 않습니까?

답: 더 말할 것 있습니까? 자연 풍치림을 파괴하는 엄청난 비행입니다. 몇 사람을 위해 많은 국민의 생명과 관계되는 자연을 파괴한다는 것은 그야말로 국가적으로 역적이지요. 팔만대장경도 귀중하지만 대한민국의 해인총림은 여러분이 인식하는 바와 같이 모범 사찰이고 수사찰首寺刹입니다.

나라를 사랑하는 분들이라면 생각해봐야 합니다. 수도인은 자신의 육신을 먹여 살리려고 살지 않습니다. 나를 편안하게 하고, 나만 지옥에 안 가려고 수도하는 것이 아닙니다. 그야말로 나라와 국민을 도와주고 널리 인류 사회뿐 아니라 일체중생을 위해 음으로 양으로 희생한다는 생각을 가지고 스님 노릇하고 도 닦는 것입니다. 오직 나를 위해서 스님 노릇하고, 나를 위해서 도 닦는 스님이라면 다 때려죽여도 죄가 없을 것입니다.

문: 자연 파괴도 문제지만 스님들이 일체중생을 위해 수도하고 있는데 그 수도 도량을 파괴한다는 게 더 문제군요.

답: 그렇지요. 조금이라도 아량이 있다면, 자연을 파괴시키는 것이 스님들의 수도를 크게 해치는 것이 되기 때문에 나라를 위해서라도 도인들을 위해서라도 그런 생각은 조금도 내어서는 안 됩니

다. 그래서 내가 역적이라고 한 것입니다.

　문: 제 이웃 중에는 이런 사람이 있습니다. 불행하게도 교통사고를 당하여 몇 년째 고통 속에서 신음하고 있습니다. 그 사람이 스님을 뵙거든 꼭 여쭤보라고 했습니다. 고통 대신에 대자대비한 부처님의 가피를 어떻게 하면 받을 수 있는가 하고 말입니다. 고통을 받고 있는 저잣거리의 사람들을 위해서 한말씀 해주십시오.

　답: 인과법칙을 말하지 않을 수 없습니다. 자연은 인과법칙 속에 있습니다. 나쁜 일뿐만 아니라 좋은 일도 자작자수自作自受입니다. 내가 지어 내가 받을 뿐이지요. 하늘이 주고 땅이 주지 않습니다. 대상이 있겠지만 그것이 나에게 고통을 주는 것이 아닙니다. 이유 없이 생기는 일은 분명코 없습니다. 알고 보면 전부 내가 지난날 만들어왔기 때문에 원망할 것이 아니라 달게 받아야 합니다. 내 빚 하나 갚았다 생각해야 합니다. 업을 지어놓으면 무량겁을 지나더라도 사라지지 않습니다. 언제나 받기를 준비하고 있어야 하는 것입니다. 그러니 빚 하나 갚을 시간이 되었다고 하면 나로서는 즐겁고 기쁠 때구나 하고 생각할 일밖에 없어요.

　인과법으로 보자면 내가 빚져서 내가 빚을 갚는 시간이기 때문에 좋은 일이 생겨난 것입니다. 내 빚 갚을 시간이구나 하고 좋은 일로, 행복으로, 감사하다는 생각으로 돌려야지 사람을 원망하고 또 자기가 당한 사고를 재앙으로만 생각하니까 괴로운 것입니다.

원당암 수조에 떨어지는 감로수

문: 들리는 뉴스에 의하면 이북에서는 굶어 죽어가는 사람들이 많다고 합니다. 부처님 법을 따른다면 도와주어야 하지 않을까 생각합니다만.

답: 그야 말할 것이 없지요. 물론 인과법으로 봐서 자기들이 다 지어 가지고 받는 일도 틀림없지만 남이 아무리 잘못해도 나는 잘해야 되거든. 나는 잘해야 되는 이치지. 이웃 나라나 다른 나라 사람이 고통에 빠졌더라도 도와줘야지. 이북은 그야말로 우리와 한 동포가 아닙니까? 혈족의 동포들이 도탄에 빠져 고통을 받고 있다는데 먹고 남은 것만 적선할 것이 아니라 우리가 굶고 못 입더라도 먼저 도와주는 것이 우리의 할 일인 것입니다. 불법을 떠나 인간적으로라도 적선지가積善之家 필유여경必有餘慶이라, '선을 쌓는 집에는 반드시 집안에 경사가 있다'고 했거든요. 대가를 바라고 복을 받으려고 도와준다는 것은 옳은 생각이 아니지요. 불쌍하지 않아요. 이치로 들어가서 알고 보면 이북 사람이 이남 사람이고, 이남 사람이 이북 사람이고, 네가 나고 내가 너인 것이지, 나를 떠나서 너도 없고 너를 떠나서 나도 없는 것입니다.

몰라서 그렇습니다. 나를 떠나선 한 사람도 없습니다. 다들 부모고 부처님입니다. 우리를 해치더라도 이북 사람들이 부처님이에요. 깨쳐놓고 보면 부처님들이지 본래부터 나쁜 사람들 아니에요. 그러니까 우리가 도와줘야 됩니다. 우리가 좀 덜 쓰고 덜 입더라도 도와줘야 됩니다.

문: 세상이 타락하지 않고 무너지지 않는 것은 큰스님 같은 수도자들이 정신적으로 균형을 유지시켜주기 때문이 아닌가 생각하고 있습니다. 큰스님, 장좌불와(눕지 않는 수행) 하신 지는 올해로 몇 년째입니까?

답: 내가 평생 장좌불와 한다고 말하면 상相을 내서 자랑하는 것처럼 되기 때문에 말하기가 거북해요. 평생을 장좌불와 해왔으니 사실인즉 맞습니다. 요새도 자유자재로 하고 있습니다. 장좌불와 하게 된 동기는 누가 시켜서 한 것이 아니고 일본에서 『선관책진』이란 책을 읽다가 장좌불와 하는 내용을 보았습니다. 그때 나도 장좌불와를 해야겠다고 다짐했고, 절에 들어온 날부터 시작했습니다. 거기에 3일, 5일, 7일이면 견성한다고 기록해놨기 때문에 여유 있게 일주일이면 깨치지 못할 것 있겠나 하고 뜻을 세웠습니다. 어떤 사람은 3일, 5일 만에도 깨친다고 하니까 나는 넉넉하게 일주일을 잡아서 견성성불 해야겠다, 하고 아주 결심을 했습니다. 화두는 효봉스님한테 탔지요.

그러니까 행자 때부터 일주일 지나면 태평양 바다에 빠져버리겠다는 마음으로 공부했어요. 일주일이 지나면 또 일주일 동안 공부한 건 내버리고, 2주일이라 생각하지 않고, 다시 일주일을 내세워 가지고 자꾸 하다 보니까 1년이 간 줄 모르고 2년, 3년이 지나간 줄도 몰랐습니다. 시간 가는 줄도 모르고, 배고픈 줄도 모르고, 저녁인지 낮인지 몰라요. 공부할 때는 저녁도 없고 낮도 없어요. 일체유심조라고 하지 않습니까? 오직 공부하는 생각 하나밖에 없어요.

허리가 아픈지, 다리가 아픈지 모릅니다. 장좌불와 안 하니까 오히려 허리가 아프고 고단해집니다. 정말로 장좌불와답게 하면 밤낮이 없어집니다. 시간 간 줄 모르고 아픔이 뭔지를 모르는데 무슨 차별이 생겨나겠어요? 해보니 그렇습니다.

문: 오직 성불하겠다는 결의에서 수행하셨다는 말씀으로 들립니다.

답: 그렇습니다. 세상일 다 잘해도 소용없는 짓입니다. 목적은 성불이고 해탈이지 다른 게 있는 것이 아닙니다. 장좌불와가 귀중한 게 아닙니다. 성불하는 데 목적이 있는 거지요. 장좌불와 해서 덕을 본 것이 있기는 합니다. 이 공부라는 것이 진실로 행해가는 데 있지 온갖 상을 내는 데 있지 않구나, 상을 내서 하는 장좌불와는 평생 해도 소용없는 것이구나 하고 깨달은 것입니다. 행주좌와 어묵동정 속에서 밀행으로 남모르게 공부하는 데서 정답이 나오고 좋은 결과가 생기는 것이지 상을 내서 절을 많이 한다든지 하루 한 끼 먹는다든지 장좌불와 하는 그 자체가 목적이 아니구나, 하고 깨달았습니다.

밥 먹으면서도 밥 먹는 이가 '이 뭣고?', 화장실에 가서도 용변을 보는 이가 '이 뭣고?', 어디서든 간단없이 일체처一切處 일체시一切

가야산 호랑이 성철스님과 가야산 정진불 혜암스님

時에 공부해야지 내가 힘을 얻을 수 있고, 따라서 목적을 달성할 수 있는 것이지, 상을 내서 하는 것은 큰일 나겠구나 하는 것을 깨달았습니다. 그래서인지 평소에 공부가 잘되었어요. 그냥 몇십 년을 앉아 장좌불와 해도 건강과 아무 관계가 없었습니다. 그러니 공부하는 사람에게는 잠 안 자도 아무 일 없습니다.

문: 은사이신 인곡스님에 대한 스님의 글을 봤습니다. 인곡스님께서는 공부하는 수좌들을 위해서 짚신도 손질해주고 빨래도 해주고, 늘 헌식을 많이 하셔서 까마귀들이 스님을 따랐다는 글이었습니다. 그분은 어떤 분이셨습니까?

답: 우리 스님은 '지금 당장 죽는 것이 겁나는 것이 아니라 가사 장삼 잊어버리는 것이 두려운 일이고, 또 세상의 보물은 전답이 보물이 아니고 화두가 보물이다'라고 늘 말씀하시면서 남을 가르쳤습니다.

우리 스님은 선승이자 율사이자 강사이셨지요. 승속 간에 우리 스님 얘기만 나오면 우는 분이 많았습니다. 효봉스님 같은 분도 우리 스님 말만 하면 울어요. 우리 스님 말만 하면 우리나라에 그런 스님이 없다며 눈물을 흘려요.

당시 효봉스님이 조실스님이었는데 우리 스님과 아주 가까운 도반이었습니다. 두 어른들은 언제나 돌아가면서 법문을 했어요. 효봉 노스님이 법문 한 번 하면 우리 스님이 한 번 하고 우리 스님이 한 뒤에는 효봉 노스님이 하고 그랬습니다. 조실이라고 독선을 쓰는 것을 한 번도 못 봤어요. 두 분이서 포교당 같은 데 출타하게 되면 효봉스님은 우리 스님이 법문하도록 하고 당신은 물러나 있곤 했어요.

문: 스님께서는 성철스님을 어떻게 만나셨습니까? 특히 봉암사 시절이 궁금합니다.

답: 지금은 성철스님 권속들이 많지만 성철스님하고 많이 산 사람은 나밖에 없어요. 나는 같이 밥도 해먹고 여기저기 이동해가면서 수행하며 살았어요. 성철스님을 만난 계기는 내가 해인사에서 계를 받아 가지고 공양주를 하고 있었어요. 계 받은 지가 얼마 안된 사미라 공양주를 시켰던 것이지요. 공양을 잘 짓는다고 공양주를 계속하고 있는데 성철스님이 삿갓을 쓰고 쇠고리가 여섯 개 달린 육환장을 짚고 나타났어요. 그런데 성철스님은 장좌불와 한 지 3년이 되었다고 해요. 나도 행자 때부터 장자불와 하고 있어서 반가웠어요. 장좌불와 하는 스님이라니까 무조건 만나봐야겠다고 마음먹었지요.

내가 인사를 하면서 '스님 가신 데 따라가겠습니다' 하고 말했습니다. 그때는 성철스님이 아주 젊었는데 무섭다고 소문이 나 있었습니다. 처음에 성철스님은 옆에도 못 오게 하고 안 된다고 그랬어요. 그런 거 나하고는 아무 상관도 없었어요. 안 된다, 된다 하는 것은 나한테 달려 있기에 나는 혼자 결정하고 따라나섰습니다. 모든 일은 나한테 달려 있는 것이라고 스님 노릇하기 전부터 알고 살았으니까요. 수도자는 내 일만 잘하면 되는 것입니다. 그래서 성철스님 따라가 나락을 찧어서 봉암사 살림하고, 또 안정사 토굴로 가 토굴 생활 함께하고, 마산 성주사로, 대구 팔공산 성전암으로 가 집도 짓고 창문도 달고 그랬습니다.

문: 큰스님, 절 밖에서도 선에 대한 관심이 많습니다. 언어로 표현할 수 없는 세계지만 그래도 방편으로 말씀하신다면 선이란 무엇입니까?

답: 지금 우리는 꿈 세상에서 꿈을 꾸고 있는 미혹한 중생입니다. 그런데 누구누구 할 것 없이 꿈을 꾸고 있는지도 모르고 자기가 미혹한지도 모르고 송장 끄집고 다니는 사람들이 산 사람인 줄 알고 살고 있습니다. 저는 공부하다 죽으란 말을 많이 합니다. 오래 사는 것을 복이라고 하는데 나는 그렇게 안 가르칩니다. 지금 이 자리에서 도를 닦다가 죽어버리는 것이 수행자가 할 일입니다. 수행자에게 세상일이란 하나도 그보다 급한 일은 없어요. 말만 무슨 행복이니 자유니 성공이니 옳은 일이니 착한 일이니 하고 있습니다. 말만 있지 실제로는 착한 일 하나 없고, 옳은 일 하나 없고, 또 자유도 없고 성공도 없고, 행복도 없습니다. 왜 그런가 하면 내가 내 마음을 모르는데 자유가 어디 있고, 성공이 어디 있을 수가 있겠습니

까? 내 몸을 내 맘대로 못하는 것은 내 물건이 아니기 때문입니다. 내 몸을 털끝만큼도 마음대로 못하는 것은 내 물건이 아니기 때문입니다. 흰머리 나지 말라 해도 납니다. 내 것이 아니기 때문입니다. 허리에게 구부러지지 말라 해도 내 것이 아니라 말 안 들어요. 인연법인 것입니다. 내가 아니에요. 본래 주인과 아침저녁으로 같이 생활하고 있지만 미련한 바보라서 속눈썹도 못 보는 것처럼 주인을 못 보고 있거든요. 그런데 중생범부들은 보는 눈과 듣는 귀를 자기 주인으로 삼고, 허망하게 나왔다가 없어지는 허수아비 같은 번뇌 망상을 의지처로 삼으니까 고생을 하는 것입니다. 자기 자신의 참모습을 찾는 것이 견성이고 선禪입니다.

문: 원당암이 해인사 1번지라는 생각이 듭니다. 신라 애장왕이 원당암에서 정사를 보았다면서요.

답: 원당암은 애장왕 3년에 창건되고 여기서 큰절을 짓기 위해 정사를 보시면서 큰절을 창건했는데 처음에는 40동을 지었다고 합니다.

문: 원당암은 산중암자로는 유일하게 재가 불자를 위한 선방을 개설하고 있습니다. 재가 불자들이 원당암으로 왜 몰려든다고 생각하십니까?

답: 해인사에는 암자가 열다섯 개나 됩니다. 돌아가신 큰스님들은 모두 백련암보다 여기를 좋아했습니다. 백련암에서 살래, 원당

암에서 살래 하면 거의가 원당암에서 산다고 그랬어요. 살아본 스님들도 또 그렇게 말합니다. 해인사에서 살기 좋다고 하는 암자인데 내가 살지도 않으면서 상좌들에게 맡기면 안 되겠다 해서 처음에는 차라리 다른 스님에게 주려고 했습니다. 맡아 가지고 살려면 명분이 있어야 했습니다. 그래서 무슨 일을 해야겠다고 궁리하던 중에 재가 선방을 만들어서 신도님들 참선을 지도해야겠다고 하는 할 일을 생각해냈어요. 20년이 지났는데 지금은 방사가 좁아서 여름에는 마당까지 꽉꽉 찹니다. 법문을 듣는 마이크가 법당 식당 할 것 없이 여러 개 달렸습니다. 정진도 방사가 비좁으니까 2층 다락에서도 하고 그렇습니다. 어쨌든 힘 있는 데까지는 신도님들을 도와주는 것이 옳은 일이다 생각하고 108평 선원을 짓고 있습니다.

문: 재가 불자들도 스님들과 똑같이 참선합니까?

답: 복을 짓는 게 자랑이 아니라 더 잘했으면 잘했지 스님보다 못하지 않아요. 나는 어름하게 하려면 고생해가며 안 합니다. 나는 평생을 두고 대중살이만 하고 왔기 때문에 자신이 있습니다. 공부하는 정신이라든지 자세라든지 자신이 있기 때문에 어름하게 기도시키지 않고 스님 못지않게 정신상으로나 행동적으로나 조금치라도 뒤떨어지지 않게 가르칩니다.

문: 큰스님 현재 해인총림 방장으로 계시는데요. 해인사만의 독특한 가풍이 있다면 무엇인지요.

답: 해인사 가풍은 내가 대중스님에게 노골적으로 말합니다. 해인사는 총림이니까 많이 사는 것이 원칙이지만 양적으로 많이 사는 것보다는 스님들이 적게 살더라도 올바르게 사는 것을 주장하겠다고. 그러기 위해서 내가 방장이 되자마자 오후불식을 시작했지요. 오후불식 않고 삼시로 먹고는 공부하기 어렵습니다. 물론 사람마다 차이는 있겠지만 밥 많이 먹고는 공부만 못하는 게 아니라 속가 일도 못합니다. 밥 먹는 것 보면 그 사람의 인격을 알 수 있습니다. 밥이 그 사람의 몸을 좌우해요. 술 먹고 술 안 먹은 척할 수 있습니까? 밥이나 술이나 똑같아요. 술을 많이 먹으면 내 생각대로 안 됩니다. 정신이 흐리고 몸이 무거워져서 해태심을 내고 짜증을 냅니다. 그래가지고는 무슨 일이든 안 돼요. 그러니까 밥 먹는 것 보면, 음식 먹는 것 보면 그 사람 운명을 딱 정할 수 있습니다. 관상법이 아니라도 아주 백발백중 맞출 수 있어요. 밥 먹는 거 하나도 그렇게 뜻이 박약하니 흐릿할 수밖에요. 다른 일도 똑같습니다. 안 돼요. 그래서 나는 밥 먹는 것이 공부하는 데 첫발이라고 말합니다. 다른 데서 배워 가지고 하는 말이 아닙니다. 내가 해보니까 밥 많이 먹고는 공부하지 못하겠다는 판단이 서요. 어떤 사람이 와서 공격하고 항의해도 답변할 자신이 있습니다. 해인사에 대중이 아주 적게 살더라도 오후불식 시키고, 적게 살더라도 좋으니까 올바르게 공부하려고 애쓰는 사람을 도와줘야겠다고 생각합니다. 한 사람이

살더라도 좋으니까 올바르게 공부하려고 애쓰는 사람이 있으면 선방이고 절이라고 할 수 있지만 많이 살더라도 밥만 먹고 사는 데라면 절이고 선방이라 할 수 없습니다.

마음을 깨닫고 마음을 닦는 사람이 사는 곳은 도살장이나 술도가도 절이요, 법당이 거룩하고 스님이 많이 살더라도 그렇지 않은 곳은 마구니 굴속이며, 능히 번뇌 망상을 씻는 사람이 사는 절은 부처님 도량이요, 그렇지 않은 절은 속가라고 합니다.

불법은 모양과 바깥 이치를 빌리고 이용해서 설파를 해놓은 말입니다. 그러나 말만 따라가면 이치에 어긋나버립니다. 또한 머리 깎고 법복을 입었다고 해서 스님이 아니에요. 마음으로 스님 노릇하는 것이 스님인 것입니다.

문: 공부 잘하는 방법으로 다섯 가지 말씀하셨습니다. 무엇인지요?

답: 돌아가신 성철 방장스님 규칙입니다. 잠은 네 시간만 잘 것, 이유 없이 돌아다니지 말 것, 쓸데없이 말하지 말 것, 등등 다섯 가지가 있습니다. 나보고 어떻게 하면 공부하는 데 도움이 되겠냐고 물으면 지금까지 말한 바와 같이 어쨌든 밥 많이 먹고는 공부 못한다, 밥 먹는 것이 공부다, 공부는 밥 먹는 것하고 둘이 아니다, 밥은 공부하기 위한 약으로만 먹으라고 하셨습니다. 밥을 적게 먹으면 말도 많이 안 하게 됩니다. 적게 먹으면 기운이 넘치지 않으니까 잠

도 안 옵니다. 식곤증도 없으니까 머리가 맑습니다. 또 기운이 없으니까 말하고 싶지 않고 돌아다니고 싶지도 않습니다. 또 색심이 동해 가지고 공부에 방해되는 일이 있는데 밥을 적게 먹으니까 기운이 없어 색심이 동하지도 않습니다.

문: 종단이 어려울 때 적극적인 모습을 보여주셨습니다. 우리 젊은 불자들은 큰스님을 희망으로 생각했습니다. 지금도 변함이 없으십니까?

답: 예를 들어보겠습니다. 사람의 생명은 건강입니다. 건강은 누가 만드는가 하면 마음이 만들어요. 건강하고 오래 사는 운명이 따로 있는 것이 아니에요. 마음밖에는 아무것도 없어요. 마음이 건강을 만들기도 하고 파괴하기도 합니다. 절대로 운명이라는 것은 없습니다.

그런 것과 같이 종단이 병들었다고 근본으로 돌아가지 않고 개혁을 열 번 하면 뭣 할 것입니까? 다만 종단이 이대로 나아가서는 기필코 망하겠구나 하는 생각이 들어 '아 이제 종단을 개혁해서 발전을 시켜야겠다'라는 것이 처음 개혁할 때의 소견일 뿐이었습니다. 부처님 말씀대로만 해왔다면 개혁이라는 말은 필요 없는 것입니다. 부처님 말씀대로 안 하니까 개혁이라는 말이 나왔던 겁니다. 부처님 말씀대로만 하면 천하를 다 통일해버릴 수 있습니다. 부처님 말씀대로 안 하고 종단의 모습이 엉터리로 엉망으로 변했기 때문에 개혁이란 말이 나오게 된 것입니다. 부끄러운 일이지만 부처님 말씀을 실천하지 못하고 있으니까 개혁이라는 말이 붙은 겁니다. 그걸 알아야 됩니다. 부처님이 시키는 대로만 하면 인간 천상을 다 청정하게 맑힐 수 있습니다. 그런데 우리 종단 모습이 부처님 말씀과 달리 흐릿해지고 망가진 것 아닙니까? 그 흐릿해진 부분을 개혁하는 것이지 부처님 법을 개혁하자는 말이 결코 아닙니다. 부처님 법은 개혁할 필요가 없습니다. 알아듣겠습니까? 그래서 나는 잘못된 부문을 개혁할 수밖에 없다는 뜻을 가지고 발을 들여놨던 것입니다. 희생이 되는 한이 있어도 이번에는 물러나지 않겠다는 결심을 가지고 발을 들여놨던 것입니다.

문: 삶이 힘들고 앞날이 불투명하니 답답해하고 불안해하고 있습니다. 살면서 머릿돌이 될 만한 말씀을 해주십시오.

답: 원칙으로 말하자면 지금은 말세입니다. 내리막의 길에 서 있는 시점입니다. 아무리 잘하려고 하지만 성인들은 '말세 운명은 불회복不回復'이라고 못을 박아 말씀했습니다. 말세 운명을 회복할 수가 없다는, 될 대로 된다는 것입니다. 이런 이치로 봐서는 논할 것이 못 됩니다. 망해가는 세상이기 때문입니다. 그러나 우리는 그대로 보고만 있을 수는 없습니다. 빨리 망하기를 바라는 수도자가 어디 있겠습니까? 경우가 그렇기 때문에 말을 하자면, 물론 인과법으로 스스로 지어서 받는 자작자수지만 책임을 지지 않을 수 없습

니다. 우리 대한민국 국민이라면 다 같이 책임을 져야 합니다. 특히 어른들이 잘해야 합니다. 윗물이 맑아야 아랫물이 맑다는 것과 같이 어른들이 잘해야 합니다. 환경의 지배를 받는 것이 인생입니다. 어른들이 잘하다 보면 근묵자흑近墨者黑, 먹을 가까이하면 검어지는 것처럼 물이 들 일이 생겨나고 거기서 반성할 일이 생겨나고, 조심도 하고 그럴 것입니다. 누구를 원망할 것이 아니라 나부터 잘해야 합니다. 알아듣겠습니까? 나부터 바르게 되면 나한테 물드는 사람이 생겨납니다. 이것이 근묵자흑의 도리입니다.


## 팔 하나 잘라버릴 각오로 공부하라

미소굴을 내려와 달마선원으로 가본다. 달마선원은 혜암스님이 재가자들의 참선을 위해 개설한 선방인데, 이곳으로부터 재가자 선풍이 불어 우리나라 도시와 산중을 가리지 않고 재가자 선방이 들불처럼 확산된 것은 불제자 모두가 아는 사실이다.

　또한 달마선원은 나에게 특별한 곳이다. 결코 잊을 수 없는 선방이다. 2010년 봄에 내가 혜암스님의 일대기인 장편소설 『가야산 정진불』을 발간하자, 혜암스님의 문도회 차원에서 출판기념 법회를 열어주었는데 그 장소가 바로 달마선원이었던 것이다.

인연이란 참으로 오묘하다. 성철스님의 일대기 『산은 산 물은 물』을 집필하는 동안 스님을 뵙기 위해 퇴설당을 찾아갔을 때 스님께서 여러 말씀 끝에 "내 얘기도 한번 써봐"라고 툭 던진 한마디가 씨앗이 됐던 것이다. 스님만의 독창성이랄까, 개성이 나를 사로잡았다. 남의 법, 즉 남이 깨달은 경지를 당신의 법이라 하지 않는 스님의 세계는 분명했다. 예를 들면 해인사 방장실의 당호인 퇴설당만 해도 그랬다. 퇴설堆雪을 설명하는 말씀에서도 스님만의 색깔이 확연히 드러났다. '퇴설'은 달마의 제자가 되고 싶었던 혜가가 눈 내리는 날 자신의 팔을 잘라 달마 앞에 놓았다는 고사에서 나온 말인데, 스님은 그건 옛 얘기일 뿐이고 도인이 눈처럼 많이 나오라는 뜻의 당호라고 말씀했던 것이다.

스님이 선방의 이름을 왜 달마선원으로 명명했는지 그 이유를 알 것 같다. 혜가처럼 도를 구하는 데 팔을 하나 잘라 바칠 각오로 공부해야만 성취할 수 있다는 뜻이 담긴 듯하다. 이 역시 스님 식으로 말하자면 '공부하다 죽어라'이다.

# 선禪이란
# 자기 정신으로 살고자 하는 인생 공부다

## 이는 강해야 하고, 혀는 부드러워야 한다

원당암을 감싼 산자락의 숲에도 태풍이 남긴 상처가 보인다. 부드러운 참나무나 관목들은 그런대로 무사하지만 꼿꼿한 잣나무와 소나무들은 여기저기 허리가 부러져 있다. 빽빽한 숲을 흔들어 나무들을 솎아내려 한 자연의 의지일까? 숲은 아직 어수선하다. 강풍으로 멍든 산벚나무 잎들이 사색으로 변색해 떨고 있다.

　태풍에 꺾어진 소나무를 보니 문득 상용商容과 노자가 떠오른다. 상용은 귀족 철학자로서 노자를 가르친 스승이다. 늙은 상용이 죽음의 문턱에 이르자 노자가 문병을 간다. 상용은 찾아온 젊은 노자에게 두 가지를 당부했다. 아마도 고향 사람을 잊지 말라는 뜻이었을 것이다. '사람들이 고향에 가면 왜 가마에서 내려 걸어가는가?'를 물었고, 또 장차 유명해지더라도 늘 겸손할 것을 에둘러 주문

했다. '크고 무성한 나무 밑을 걸어갈 때는 왜 고개를 숙이고 가는가?' 하고 물었던 것이다. 노자가 정확하게 대답하자 상용은 다시 자신의 입을 크게 벌렸다.

"내 혀가 있는가?"

"스승님, 보입니다."

"내 이는?"

"다 빠지고 하나도 보이지 않습니다."

그제야 상용은 노자를 퀭한 눈으로 뚫어지게 쳐다보면서 물었다.

"이는 다 빠졌으나 혀가 그대로인 이치를 알겠느냐?"

"강한 것은 쉽게 망가지지만 부드러운 것은 오래도록 남을 수 있다는 이치이옵니다."

상용은 노자의 대답이 만족스러운 듯 위독한 순간이었지만 희미하게 미소를 지었다.

'상용의 혀와 이'는 부드러움이 강함을 이긴다는 가르침이다. 그러나 불가佛家에서는 이기고 지는 것을 가르치지 않는다. 상생과 공존을 추구한다. 이는 혀를 위해 있고, 혀는 이를 위해 있을 뿐이다. 혀와 이는 다르지만 그것들은 나름대로 절대 가치를 갖는다. 그러니 이는 이답게 강해야 하고, 혀는 혀답게 부드러워야 하는 것이다.

혜암스님은 앞장에서도 얘기했지만 의병대장처럼 강직한 분이

염화실로 가는 원각스님, 현재 해인사 선원 유나스님이자 원당암 감원

다. 그런 스승 밑에 부드러운 제자가 있으니 그분이 바로 해인사 선원인 소림원의 유나스님(선원 총책임자)이자 원당암 감원인 원각스님이다. 부싯돌처럼 불이 튈 것 같은 단단한 스승 밑에 흐르는 물처럼 부드러운 제자라니 오묘한 이치다.

원각스님이 계시는 곳은 염화실이다. 혜암스님이 살아 계실 때 주석하시던 방이다. 원각스님의 부드러움이 어디서 연유하는지 나는 어렴풋이 안다. 스님 눈매의 부드러운 기운은 선한 천품의 성정에서 연유하고 있지 않을까 싶다. 스님의 선한 천품을 참고한다면 성선설性善說을 믿을 수밖에 없다. 물론 불가에서 말하는 공空의 입장에서는 선善도 없고, 악惡도 없지만 말이다.

원각스님은 출가 동기가 너무나 인간적인 분이다. 선한 천품을 지녔으면서도 선해야 한다는 강박관념에 시달리다가 출가했던 분이다. 해인사 입구의 홍류동 계곡 나뭇잎들이 막 단풍이 들기 시작하던 2009년이었다. 바로 이 염화실에서 들었던 스님의 고백이 잊히지 않는다. 스님은 스승 혜암스님을 회상하면서 자신의 출가 동기를 자연스럽게 얘기했던 것이다.

"고3 때였어요. 몸이 안 좋아 해인사 약수암으로 공부하러 왔다가 스님과 인연이 됐지요. 지금 생각해보니 몸을 쉬고 추스르러 왔다가 살길을 찾은 것이지요. 진짜 공부는 자기 정신을 가지고 사는 것이니까요."

고3 학생은 어느 날 약수암에서 밤이 되면 산자락으로 별이 뚝뚝 떨어지는 중봉암을 가게 된다. 고시 공부를 하는 대학생의 짐을 해인사 위쪽 산중에 자리한 중봉암으로 옮겨주었는데, 그곳에는 혜암스님의 제자가 살고 있었다. 고3 학생은 그 스님에게 새벽 세 시까지 불교 얘기를 듣고는 목에 걸린 가시가 사라지듯 가슴이 후련해짐을 느꼈다.

　"군인들을 월남에 파병할 때였지요. 강재구 소령이 수류탄 투척 훈련 중 사병이 잘못 던진 수류탄을 안고 많은 병사를 살린 적이 있는데, 그 미담이 당시 신문이나 방송 등에 많이 났어요. 선생님들도 강재구 소령처럼 착하게 살아야 한다고 가르쳤고, 어디를 가나 강재구 소령 얘기를 했어요."

　전 사회적으로 퍼진 '착하게 살라'는 집단 최면적인 강요가 마음 여린 고3 학생을 괴롭혔다. 결국 그런 강박관념은 고3 학생의 심신을 허약하게 만들었고, '내가 공부를 열심히 해서 대학에 들어간다면 나로 인해 한 학생이 떨어지는 것이니 잘한 일이라고 할 수는 없지 않은가?' 하는 고민을 하기에 이르렀다. 지나칠 정도로 과민해져서 대학 입시 공부 자체가 혼란스러웠다.

　선이 독선獨善으로 흐르거나, 이데올로기로 관념화될 때 맹독이 되는 이치였다. 사랑과 자비, 진리, 자유 같은 수승한 가치도 내 삶에 체화되지 못하고 나를 짓누르는 맹목적인 강요의 무거운 돌덩이로 변할 때 역시 마찬가지이리라. 이런 도리로 보아 어떤 아름다운 가치라도 이데올로기가 된 믿음보다는 사유하고 의심하는 것이 인간을 자유롭게 하는 종교의 본질이 아닐까 싶다.


## 선도 생각하지 말고, 악도 생각하지 말라

중봉암의 혜암스님 제자는 고3 학생의 고민을 다 듣고 나더니 한밤중에 학교나 사회에서 단 한 번도 들어보지 못한 얘기를 해주었다.

"착한 것도 버리고 악한 것도 버려야지 잘 사는 인생이다."

선도 악도 집착하지 않고 무심히 사는 자리가 본래 자리이니, 바로 그 본래 자리를 벗어나지 않으면서 걸림 없이 사는 것이 행복한 인생이라는 뜻이었다. 순간, 고3 학생은 '아! 다른 세계가 있구나' 하는 희열을 느꼈다. 착하게 살아야 한다는 생각에 시달리고 있었는데, 그것이 부질없는 집착이었음을 알고 학생의 고민은 단박에 깨졌던 것이다.

중봉암을 내려가는 고3 학생에게 혜암스님의 제자는 『금강경 강의』, 『반야심경 강의』, 『육조단경』, 『보조법어』, 『법구경』 등 다섯 권의 책을 주었다. 학생은 대입 공부보다는 다섯 권의 책을 통해 어떤 굴레로부터 자신이 해방되는 것 같은 불법의 향기에 젖었다. 얼마 후 약수암에 들른 그 스님이 은근히 출가를 권유했다.

"겨울에 그 스님을 따라 다시 중봉암으로 올라가니 곧바로 삭발을 해주고 승복을 주더군요. 고무신도 한 켤레 주고요. 그날부터 그 스님 밑에서 두 달 반 동안 행자 생활을 했지요. 아무튼 그 스님과 겨울을 나고 있는데 혜암스님이 통도사 극락암에서 동안거를 나고 중봉암으로 오셨어요. 1967년 음력으로 2월 15일이 조금 지난 뒤였어요. 그런데 그 스님은 혜암스님으로부터 무슨 꾸지람을 들었는지 중봉암을 떠났어요. 그때부터 저는 혜암스님을 모시면서 생활했지요. 낮에는 일하고 밤에 공부했는데 스님에게서 『초발심자경문』을 배웠어요. 중봉암은 두 칸의 암자로 되어 있었지요. 큰방은 인법당이고 부엌 딸린 골방이 있었어요. 종이 마루 서까래에 달려 있어 종성을 할 때는 마루로 나와 쳤어요."

원각스님은 그때 혜암스님에게 『초발심자경문』 외에 무엇을 배웠느냐고 묻자 스님의 가풍부터 익혔다고 한 말이 기억난다.

"사소한 것부터 가르치는 것이 우리 스님의 가풍이었어요. 아무리 작은 일도 그냥 지나치는 법이 없었지요. 제가 하는 일을 아무 말씀 없이 지켜만 보시면 그건 잘한다는 뜻이었어요. 장작을 팰 때 도끼질이 서투르면 스님은 '나이테가 촘촘한 데를 찍지 마라. 나이테가 크게 벌어진 곳을 쳐야 나무가 잘 쪼개진다. 단단한 곳과 물렁한 곳 중에서 어느 곳을 도끼날이 파고들어야 잘 쪼개지겠느냐?'

조계종 종정을 지낸 혜암스님 탑비와 부도(왼쪽)

헤암스님이 생전에 일구어놓은 채마밭

하고는 팔을 걸어붙였어요. 스님의 이러한 지적에는 수행도 하나
하나 단단하게 다져야 잘못된 것이 덤벼들지 못한다는 뜻이 담겨
있었지요."

염화실로 들자 원각스님이 다탁 앞에서 기다리고 있다. 나는 스
님에게 삼배의 예를 갖추었다. 스님의 성품처럼 다탁에 놓인 다기
들도 순하고 소박하다. 긴 시간 동안 대화할 수는 없을 것 같다. 잠
시 후면 저녁 공양 시간인 것이다. 나는 차를 마시다 말고 스님에게
꼭 묻고 싶었던 말을 꺼냈다.

"스님, 재자 불자들이 왜 달마선원으로 모여들까요?"

"이런 우화를 들어봤을 겁니다. 토끼가 낮잠을 자다 도토리에 맞
아 놀라서 뛰자 노루와 사슴도 같이 놀라서 뛰고 산중의 모든 짐승
들이 뒤따랐어요. 이에 사자가 한 놈을 잡고 물어보니, 다른 놈들이
옆에서 뛰니까 덩달아 뛰었다는 거지요. 자기가 왜 뛰는지 몰랐다
는 겁니다. 우리 인생이 꼭 이 모양이에요. 그러나 선은 그 반대입
니다. 자기가 왜 뛰는지 아는 것이 선이지요. 자기 본정신으로 사는
것, 자기 본정신을 회복하는 것이 선이라는 겁니다. 달마선원에 앉
아 참선하는 분들은 자기 정신으로 살고자 전국 각지에서 찾아와
인생 공부하는 분들이지요. 그분들은 한결같이 침착합니다. 어떤
상황에서도 당황하지 않아요. 무엇이 행복인지 아는 분들이지요."

나는 침묵하고 만다. 의례적인 질문은 나 스스로가 탐탁하지 않

기 때문이다. 찻잔 속에 풍덩 뛰어든다고나 할까. 비로소 나는 차한잔에 내 영혼을 적신다. 잠시 후에야 나는 '수행이란 무엇일까?' 하고 짧은 상념에 잠긴다. 스님이란 인격체와 마주 앉아보니 지식보다는 지혜를 찾아 정진하는 것이 아닐까도 싶다.

문득 달라이라마 존자가 한 말이 떠오른다.

'소승이란 남에게 피해를 주지 않는 것이고, 대승이란 남을 돕는 것이다.'

달리 말하면 남에게 피해를 주지 않는 이는 아라한이고, 남을 돕고 사는 이는 보살이라는 뜻이다. 원각스님은 선해야 한다는 강박관념 때문에 대학 입시를 포기하고 출가했다는 분이다. 이런 분은 이미 아라한이 아니었을까 싶다. 나의 합격 때문에 한 사람의 입시생이 낙방하면 어쩌나 할 정도로 천품이 선했던 분이니 말이다. 그런데 자신의 선의지善意志가 자신을 괴롭힐 때의 처방은 무엇일까? 도덕이나 양심의 차원을 넘어버린 종교적인 문제가 아닐 수 없다. 육조 혜능대사가 왜 자신을 해치려 했던 사람에게 '선도 생각하지 말고 악도 생각하지 말라(不思善 不思惡)'며 자애롭게 타일렀는지 이해가 된다.

# 마음이란 경전은
# 항상 환한 빛을 발하고 있네

원당암을 내려와 지금 찾아가는 당우는 퇴설당이다. 특별하게 볼일이 없는데도 가보고 싶은 해인사의 가람들 중 하나이다. 퇴설당은 십여 명의 선객이 참선하는 선원이었다가 해인총림이 개설된 뒤부터는 방장실로 이용되고 있는 당우다. 성철스님에 이어 혜암스님이 주석했고, 현재는 법전스님이 머물며 교화를 펴고 있는 중이다. 세 분 모두 나와 인연이 있는 분들이다. 성철스님 일대기 『산은 산 물은 물』과 혜암스님 일대기 『가야산 정진불』을 발표한 바 있는 것이다.

현재 퇴설당에 계시는 법전스님만 일대기를 쓰지 않은 셈이다. 그러나 법전스님을 만나 뵙고 스님의 구도 애기를 상세하게 들은 적은 있다. 뿐만 아니라 스님께서 조계종 11대 종정에 추대되었을 때 스님을 인터뷰하여 중앙일보 2002년 3월 26일자에 기사가 나간 적이 있다. 나에게는 소중한 자료이므로 지금도 잘 보관하고 있다.

해인총림의 방장스님이 계시는 퇴설당

가을이지만 봄날에 실렸던 신문 기사를 그대로 소개해본다.


## 무엇이 네 송장을 끌고 왔느냐?

퇴설당으로 오르는 계단이 고맙다. 산란했던 마음이 가라앉고 있다. 저 퇴설당에서 일전에 열반한 혜암스님에 이어 제11대 조계종 종정으로 추대된 법전스님을 또 법는 정복淨福을 누리고 있다. 어디선가 바람에 날려 온 목련의 흰 꽃잎들이 퇴설堆雪처럼 쌓여 있다.

퇴설당堆雪堂. 스님께 '퇴설'의 의미를 문자 달마대사와 혜가대사의 설중단비雪中斷臂 고사를 얘기해주신다.

혜가가 달마대사를 찾아가 제자 되기를 청했지만 거절하자 자신의 팔 하나를 자른 채 눈이 무릎만큼 쌓일 때까지 달마대사 앞에서 물러서지 않았다는 것이다. 구법求法을 위한 혜가의 간절함을 생각하니 문득 오금이 저린다.

퇴설당 안의 공기는 포근하다. 햇살에 잎을 씻고 있는 난들이 바로 꽃대궁을 밀어 올려 꽃을 피우고 향기를 터뜨릴 것 같다. 스님을 두 번째 뵙고 있다. 『산은 산 물은 물』을 집필하면서 취재차 뵌 적이 있고 오늘 또다시 찾은 것이다.

스님의 미소는 사람을 평온하게 하는 매력이 있다. 냉랭하고 무심한 듯한 표정이지만 반개半開한 눈에는 봄바람이 숨어 있다. 그 봄바람의 비밀은 아무래도 속가 부모의 깊은 정에 뿌리박고 있는지 모르겠다.

"저는 14세 때까지 어머니 젖을 먹다가 영광 불갑사로 갔습니다. 특별히 출가 동기가 있었다기보다는 어른들이 사주를 보니 절에 보내지 않으면 24살을 넘기지 못한다고 하여 다니던 서당을 그만두고 절밥을 먹게 되었지요."

그러나 소년은 부모가 그리워 3개월 만에 집으로 돌아간다. 아들의 장수를 바라는 부모가 좋아할 리 없었다. 다시 부모의 설득으로 절에 돌아와 하룻밤 아버지 팔을 베고 잔 것이 속가와의 마지막 사연이 되었다.

이후 스님은 백양사에서 만암曼庵에게 비구계를 받고 6.25전쟁이 나기 전 봉암사에서 치열하게 정진한다. 당시 봉암사에는 청담, 성철, 향곡 등이 '부처님 법답게 살자'고 용맹정진하고 있었다.

이른바 대처帶妻와 식육食肉 문제들을 정화해 부처님 법대로 수행하겠다는 취지의 봉암사 결사에 스님도 참여하여 흐트러진 한국불교의 기틀을 다시 세우고, 스님 자신도 화두를 들고 참선하는 간화선에 구법의 길이 있다는 것을 확신하였다. 이때 스님의 나이는 24세였다.

"나이는 24세이지만 참선하는 것밖에는 아무것도 할 줄 몰랐어요.

퇴설당 마당에 충만한 고승들의 기운

어디에 있는 절을 가려면 누가 데려다주어야 할 정도였으니까요."

나중에 은법사恩法師가 된 성철은 스님의 이처럼 단순 천진한 내면을 보고 수좌의 법기法器임을 발견했을 터이다. 성철은 평생 동안 수좌들에게 "사람 못 된 게 중 되고, 중 못 된 게 수좌 된다"고 외쳤던 것이다.

스님이 봉암사에서 성철로부터 받은 화두는 타사시구자拖死屍句子. 알기 쉽게 풀자면 '무엇이 네 송장을 끌고 왔느냐?'이다. 일곱 달 동안 화두를 들고 있던 스님은 부엌에서 된장국에 넣을 채소를 탁탁 썰고 있었다. 그때 컴컴한 부엌이 갑자기 대명천지처럼 밝아졌다.

그러나 이것으로 스님은 흔쾌하지 않았다. 다시 수년이 흐른 뒤 생사를 각오하고 들어간 곳이 문경 묘적암이었다. 빈 암자에서 스님은 세 달 동안 혼자서 방 청소는 물론 세수할 생각마저 잊은 채 용맹정진하여 경계를 얻었다.

그해 성철이 철조망을 치고 수행하는 성전암으로 가 인가印可를 받은 뒤, 성전암 아래에 있는 파계사 선방인 금당金堂에서 지금까지 공부하여 터득한 바를 더 깊게 하였다.

스님의 가풍을 묻자 남보다 더하는 가행加行정진을 강조하신다.

"절의 취침시간은 아홉 시입니다. 그러나 남들이 자는 시간에 소리 안 나게 가만히 문을 열고 나가 달밤에, 혹은 이슬 맞으며 더 공부해야만 깨달음을 성취할 수 있습니다. 노력 없는 결과가 어디 있겠습니까?"

퇴설당 벽에 걸린 '사중득활死中得活'이란 글씨가 눈길을 사로잡는다. 선사들이 좋아하는 구절임이 분명하다. 깨달음의 경계를 나타내는 말이리라. 스님도 일대사一大事가 해결되는 순간 선열禪悅을 느꼈다고 하신다.

"화두가 타파됐을 때 마치 함정에 빠진 사자가 뛰어오르는 것 같았습니다. 천하가 내 손에 든 것 같았고, 두려움이 없어져버렸습니다."

봄을 타는 듯 스님이 피곤해하시자 시자가 사진 찍는 것을 만류한다. 그러나 스님은 미소를 지으며 고요한 자세를 취해준다. 밖으로 나서자 햇살이 퇴설당 기왓장에 난반사하고 있다. 스님의 풍채처럼 작은 집이나 눈이 부시다.


일주일 안에 깨치지 못하면 죽으리라


기억창고의 시곗바늘을 돌려 1946년 4월 초순(음력 3월 1일)의 시간으로 거슬러 올라가본다. 머리는 하이칼라를 하고 흰색 양복과 백구두를 신은 20대 후반의 청년이 해인사 주지를 만났다. 출가를 허락받기 위해서였다. 주지는 허락은커녕 청년을 경계했다. 옷차림으로 보아 절에서 며칠 쉬다가 달아날 사람으로 보였던 것이다. 할 수 없이 청년은 방에 들지 못하고 공양간이나 나무청 같은 데서 토막잠을 잤다. 그러자 주지가 소임을 보는 스님들을 불러 회의에 부치는 공사公事를 벌였다. 결과는 마찬가지였다. '중노릇할 사람이 아니다'로 의견이 모아졌다.

  그러나 출가하기로 발심한 청년은 물러서지 않았다. 청년은 일찍이 17세 때 일본으로 건너가 동양철학을 공부하던 중에 크게 발심했던 것이다. 그의 마음을 격동시킨 것은 일본의 고승 일휴선사一休禪師 어머니가 남긴 유언이었다. 청년은 일본 고승전집 속에서 '일휴선사 자모慈母 유언문'을 보고 눈물을 흘렸으며 감격에 겨워 며칠 동안 밥을 굶었던 것이다.


  나는 이제 사바세계 인연이 다하여

  무위無爲의 부처님 나라로 돌아가려 한다.

  바라건대 너는 속히 출가승이 되어

  너의 불성을 밝게 깨닫도록 하라.

  장차 내가 지옥으로 떨어졌는지

  아니면 영원히 너와 함께 있는지 알게 되리라.

  네가 진정 대장부라면 불조佛祖가 모두

  너의 심부름꾼임을 알게 될 것이다.

그때 책을 내려놓고 나가 사람들을 위해 일하라.

부처님께서는 49년 동안 설법하고서

단 한 번도 설한 적이 없다고 말씀하셨다.

왜 그렇게 말씀하셨는지 너는 응당 알아야 한다.

만약 네가 알아야 할 것을 마땅히 안다면

무익한 망상은 하지 않을 것이다.


어머니가, 나지도 않고 죽지도 않는 몸으로


추기追記

부처님 가르침은 중생을 깨닫게 하고자 있는 것이다.

그런데 네가 어떤 방편에만 의지해 벗어나지 못한다면

너는 한 마리 무지한 벌레와 다르지 않으리라.

불경을 다 읽어도 자성을 보지 못한다면

너는 내 글조차 이해하지 못할 것이다.

이것이 나의 마지막 유언이다.


  뿐만 아니라 『선관책진禪關策進』을 읽던 중 마음을 '종이와 먹으로 만들지 않은 경經'에 비유한 게송을 보고서 입산하여 마음공부를 해야겠다고 출가의지를 불태웠다.

나에게 한 권의 경전이 있으니

종이와 먹으로 된 게 아니네

펼쳐 보아도 한 글자 없지만

항상 환한 빛을 발하고 있다네.

我有一卷經

不因紙墨成

展開無一字

常放大光明


결국 청년은 며칠 동안 버틴 끝에 면식이 있는 단아한 스님을 만났다. 일본 교토 임제종 절에서 유나스님으로 있었던 서옹이었다. 서옹은 청년의 얘기를 듣고는 퇴설당에 주석하고 있던 인곡에게 소개해주었다. 인곡이 자애롭게 물었다.

"어디서 왔는가?"

청년은『선관책진』에서 본 대로 선사들의 흉내를 내었다.

"아악!"

"자네 고향이 어딘가?"

청년은 방바닥을 힘껏 쳤다. 그러자 인곡이 선사들이 곧잘 던지는 질문들 중에서 하나를 끄집어내어 물었다.

"우리 집 소가 여물을 먹었는데 이웃집 말이 배탈이 났다. 천하의 명의를 불러서 말의 병을 고쳐달라고 했더니 아랫집 돼지의 넓적다리에 뜸을 떴다. 이 이치를 알겠느냐?"

청년은 주먹을 앞으로 불쑥 내밀었다. 그제야 인곡은 미소 지으며 청년의 머리를 만졌다. 세상의 유무정물이 연기緣起로 얽혀 있는 이치를 아느냐고 묻는 인곡의 질문에 청년은 그것들은 결국 한 몸이라고 주먹을 내밀어 답했던 것이다.

인곡의 상좌가 된 청년은 정식으로 행자가 되었다. 봄날에 해인사로 온 행자는 초가을 무렵까지 공양주 소임을 맡고 있다가 효봉 조실스님에게 무無 자 화두를 받았다. 화두를 든 청년행자의 정진력은 다른 행자들이 흉내 내지 못할 만큼 치열했다. 어느 날 청년행자는 공양간에서 밥을 푸다가 화두를 타파하고 말겠다는 분심憤心이 일어나 밥주걱을 다른 행자에게 넘겨주고는 백련암 위에 있는 환적대로 올라갔다. 그러나 환적선사가 공부했다는 환적굴은 찾지 못하고 옆에 있는 바위굴로 들어가 '일주일 안에 깨치지 못하면 죽으리라'는 각오로 물 한 모금 마시지 않고 장좌불와 수행을 하며 용맹정진한 끝에 화두를 타파하지는 못했지만 좌선삼매는 경험하고 해인사로 내려왔다.

마침내 청년행자는 음력으로 10월 15일 인곡을 은사로, 효봉을 계사로 사미승이 되었다. 사미승의 법명은 성관性觀이었다. 이후 법호는 혜암慧菴이라 하였다. 계를 받자마자 혜암은 가야총림이 개설돼 선원으로 바뀐 퇴설당에서 공부하려고 했지만 선객들이 갓 수계한 사미라 하여 반대했다. 그러나 조실스님인 효봉이 옹호했다.

"공부하는 데 구참, 신참이 어디 있는가. 성관수좌만큼 공부하는 사람이 있는가?"

혜암은 효봉의 기대를 저버리지 않았다. 행자 때부터 이어온 장좌불와 수행과 일일일식 수행으로 정진하며 퇴설당 대중들을 놀라게 했다.

지금 이 순간 퇴설당 허공은 잿빛이다. 또다시 태풍이 북상하고 있다는 일기예보가 맞는 듯하다. 까마귀들이 까악까악 날카로운 소리를 떨어뜨리며 가야산 산자락을 넘어가고 있다. 나더러 어서 집으로 돌아가라는 소리 같기도 하다. 처자식이 사는 집이 아니라 항상 환한 빛을 발하고 있는 마음자리 집으로 말이다. 나는 달마선원에서 보았던 화두 '만법귀일萬法歸一 일귀하처一歸何處'로 머릿속을 맑게 헹궈본다.

'만법이 하나로 돌아가는데 이 하나는 어디로 돌아가는가?'

아직도 눈치를 채지 못했다면 나는 바보다. 눈뜨지 못한 심봉사나 다름없다. 일귀하처의 하나란 손가락이 아니라 달이다. 부처 성품 그대로인 마음자리다.

# 제2장

# 오대산

## 상원사 · 염불암 · 사고암 · 미륵암

오대산 바람을 마시는 것만으로도 세심洗心의 경지를 누린다.

계곡물이 태풍의 난폭한 시간을 잊은 듯 명랑하게 흐른다.

물처럼 인연을 따르는 게 없다.

바위가 가로막으면 돌아가고 웅덩이가 나타나면

스스로 넘칠 때까지 기다릴 줄 안다.

# 청산은 나를 보고
## 물같이 바람같이 살라 하네

신라인들은 서라벌의 남산과 강원도의 오대산을 신앙의 성지로 여겼던 것 같다. 남산이 백성들의 성산聖山이라면 오대산은 출가 수행자들의 불국佛國이었던 것이다. 출가하면 당연히 문수보살과 지장보살이 상주하는 오대산으로 먼저 들어가 수행하는 것이 당시 신라의 분위기였는데, 그것은 일찍이 자장율사가 부처의 진신사리를 중국에서 구해와 오대산 자락에 안치하면서 비롯되었을 터이다.

그런데 오대산이 신라인들에게만 신앙의 성산이었을까? 그건 아니다. 성지의식은 우리 민족의 집단무의식에 잠재돼 신라 성덕왕은 진여원을 지어 신하들과 더불어 참배했고, 이후 조선의 왕 세조는 자신의 심병心病을 고치고자 찾았고, 수많은 수행자와 시인 묵객들이 오갔으며 지금도 오대산 곳곳의 사찰과 암자에는 수행자들이 눈 부릅뜨고 정진하고 있는 것이다.

# 한 길을 말하는 것은 한 자를 가는 것만 못하다

혜암이 28세 때 해인사 퇴설당에서 첫 안거를 마치고 바로 오대산 상원사로 간 까닭은 바로 그러한 성지의식의 발현이 아닐까 싶다. 당시 상원사에 한암이라는 고승이 있어 갔을 거라고 추정하지만 나는 그처럼 단순하게 생각하지 않는다. 당시 고승인 동산, 경봉, 금오, 우봉, 성철, 향곡 등등이 전국의 명찰에 주석하고 있었으니 말이다.

예전에는 월정사까지 대중교통을 이용해 갔다가 상원사는 걸어서 갔지만 지금은 도로가 잘 닦이어 편해졌다. 상원사 주차장까지 승용차로 갈 수 있으므로 불편하지 않다. 그렇다고 심리적인 거리까지 가까워졌다고는 할 수 없다. 절실하지 않으면 지척이라도 천리가 된다. 옛 선객들은 한순간이라도 더 선방에 앉고 싶어 몇십 리 밤길도 마다하지 않고 걸어 걸어서 상원사 선방에 당도했던 것이다.

승용차 문을 여니 청량한 바람이 들이친다. 심호흡을 하며 바람을 깊이 들이마신다. 오대산 바람을 마시는 것만으로도 세심洗心의 경지를 누린다. 계곡물이 태풍의 난폭한 시간을 잊은 듯 명랑하게 흐른다. 물처럼 인연을 따르는 게 없다. 바위가 가로막으면 돌아가고 웅덩이가 나타나면 스스로 넘칠 때까지 기다릴 줄 안다. 계곡물

에 몸을 맡기고 있는 바위들은 하나같이 원만하다. 예각을 좋아하는 사람도 있고 둔각을 선호하는 사람도 있겠지만 나는 바보스러운 둔각을 사랑하는 편이다. 그래서인지 기암괴석의 설악산보다는 지리산과 동복형제 같은 오대산이 더 정겹고 편안하다.

혜암이 상원사에 왔을 때의 나이는 28세였고, 맡은 소임은 종두鐘頭였다. 종두란 아침저녁으로 종을 치는 책임자다. 내가 사는 산중의 아래 절에서도 아침저녁으로 종소리가 나는데, 나는 감각적으로 스님이 지금 조는지 마음을 담아 종을 치고 있는지 느낀다. 종을 치는 간격이 일정치 않으면 조는 것이고, 종소리가 힘 있게 들리지 않으면 마음을 다 담지 않은 것으로 여겨진다.

어느 날, 혜암이 치는 타종 소리도 상원사 선방 수좌들의 입에 오르내렸다. 새벽에 치는 타종 소리가 일정치 않았던 것이다. 대중들이 어둑한 마당에서 수군거렸다.

"혜암 수좌가 졸고 있군."

이윽고 한암도 마당으로 나와 타종 소리를 묵묵히 들었다. 한암은 한마디도 하지 않고 미소만 지었다. 그러더니 대중스님들을 선방으로 불러들였다. 범종 소리는 여전히 불규칙하고 아주 느렸다. 정상적으로 친다면 이미 스물여덟 번의 타종 소리가 끝나고 여운만 남아 있어야 했다. 한암이 한 수좌에게 물었다.

"종두가 종을 잘 치고 있다고 생각하는가?"

"아닙니다."

"왜 그런가?"

"소리가 일정치 않으니 여법하지 못합니다."

한암은 앉은 채 몸을 좌우로 흔들며 다른 수좌에게 물었다.

"종두는 공부를 잘하고 있다고 생각하는가?"

"아닙니다."

"왜 그런가?"

"대중의 마음을 편하게 하지 못하고 놀라게 했습니다."

범종 하나 치지 못하는 수좌이니 공부도 잘하지 못할 것이라는 대답이었다. 그러나 한암은 수좌들의 의표를 찌르듯 말했다.

"종두는 종을 제일 잘 치는 수좌이다. 소리가 일정치 않은 것이 야말로 참으로 공부하는 납자의 솜씨다."

한 수좌가 볼멘소리로 물었다.

"조실스님, 대중의 마음을 편하게 하지 못하고 놀라게 했는데 어찌 공부 잘하는 수좌라고 하십니까?"

"혜암 수좌는 지금 화두일념에 들었느니라. 공부하는 수좌의 모습이 저러해야 하거늘 내가 어찌 기쁘지 않겠는가."

한암이 크게 소리 내어 웃고 나서야 대중은 고개를 끄덕였다. 타종 사건이 있은 후, 혜암은 신참인데도 단박에 상원사 선방의 화제 인물이 되었다. 신참 혜암은 장좌불와 수행을 오한이 들거나 몸살이 난 날에도 멈추지 않고 계속했다. 쉬는 시간에 지대방에서 구참 수좌들과 얘기를 주고받는 즐거움도 삼갔다. '한 길을 말하는 것은 한 자를 가는 것만 못하다'는 중국 노조선사의 말을 마음에 둘 뿐이었다. 한 길 말보다 한 걸음 실천이 중요했다.

지금의 상원사는 불사를 크게 하여 고즈넉한 옛 모습은 사라져버린 상태다. 매년 갈 때마다 크게 달라지니 어지러울 정도다. 달마대사는 양나라 스님들에게 절 짓는 불사는 흑문(黑門, 지옥)에 드는 업이라고 경고했다. 달마대사의 경고가 지금도 유효한지는 스님들의 판단에 맡기고 싶다. 다만, 내 취향으로는 새 가람이 절 마당에 자애롭게 쌓이던 햇살과 부드럽게 흘러가는 동대 관음암 쪽 산 능선의 전망을 막아버린 결과만큼은 누가 뭐래도 안타깝다. 자연이 주는 선물까지 거부하는 작위作爲는 욕심의 소산이거나 수행이 결여된 안목에서 비롯된 것이 아닐까 싶다.


## 가을 산길을 홀로 걸어보자


혜암스님이 오대산을 다시 찾은 것은 1954년 35세 때였다. 통영 안정사 천제굴에서 성철스님과 함께 동안거를 난 뒤 오대산 서대 염불암으로 왔던 것이다. 염불암에서는 훗날 자비의 화신이 된 일타스님과 같이 하안거를 났다.

서대 염불암은 내 마음의 고향 같은 암자다. 『암자로 가는 길』에서 일찍이 소개한 바 있지만 그때 취재한 뒤로도 여러 번 찾아갔던 너와집 암자다. 염불암은 상원사 1인 선방인데 아마도 우리나라 암자 중에서 너와집으로 된 유일한 모습이 아닐까 싶다. 염불암을 소재로 한 글도 여러 형태로 발표했는데, 그중에서 이 가을에 어울리는 글을 소개하자면 동아일보에 칼럼 형식으로 발표한 글이 먼저 떠오른다. 「가을 산길을 홀로 걸어보자」라는 제목으로 나간 글이다. 여기에 전문을 소개하는 까닭은 내가 누구인지 한번 생각해보자는 취지에서다.

낙엽이 뿌리로 돌아가는 계절이다. 나도 어디론가 돌아가고 싶은 충동이 인다. 생각 끝에 찾아온 곳이 강원도 오대산이다. 오대산에는 산 이름 그대로 오대伍臺가 있다. 동대, 서대, 남대, 북대, 중대가 그것이다. 그중에서도 나는 지금 서대 염불암으로 가는 산길을 걷고 있다.

물론 오대산에는 월정사, 상원사라는 큰 절이 있다. 대부분의 사람들은 거기까지만 왔다 간다. 기념사진 찍고 단풍 구경하고 낯선 절간을 기웃거리다가 쓰레기를 남기고 떠나간다. 하긴 인간이란 존재는 누구라도 가벼움에서 자유롭지 못한 부분이 있다. 세상 밖

잡인들의 발길을 거절하는 오대산 염불암 산문

으로 소풍 나와서 웃고 울고 떠들다가 추억을 몇 장 남기고 사라지는 그런 현실을 부인할 수는 없다. 그래도 사람들이 북적이는 공간에서 몇 걸음만 벗어나보라. 가을 산길을 홀로 걸어보라. 내가 누구인지 내 삶이 왜 헝클어져 있는지 보이기 시작한다.

구불구불한 산길은 잃어버린 탯줄을 연상시킨다. 태어나기 전에는 생명줄이었지만 탄생 이후에는 잘라버리는 것이 탯줄이다. 모태로부터 분리된 아픔과 외로움이 어찌 저 깊은 기억의 밑바닥에 남아 있지 않을까. 산길을 걷다 보면 심연의 고독이 산죽山竹의 이파리처럼 살갗을 찌를 듯 다가온다. 언젠가 달빛이 얹힌 산죽을 본 적이 있다. 산죽은 무서리처럼 차갑게 빛을 발하고 있었다. 아직도 그 정경이 생생하다. 우리 의식도 그렇게 빛을 내며 깨어 있어야 하지 않을까.

낙엽을 떨구고 있는 나무들이 길 떠나는 수행자 같다. 나도 무언가를 미련 없이 떨구고 싶다. 돌이켜보면 얼마나 많은 욕심의 나뭇잎들을 달고 살았던가. 사람을 취하게 하는 것은 숲만이 아니다. 욕심에도 사람을 흥분하게 만드는 알코올 성분이 있다. 감성과 이성, 주의와 사상, 통념과 관념 등도 집착하면 사람을 취하게 한다. 도취하면 마음은 닫히고 지혜는 멀어진다. 그러나 가을 산길에서는 자신의 헛된 나뭇잎들이 하나둘 떨어져나간다. 찬물을 들이켠 듯 자아도취와 마취 상태에서 차츰 깨어난다. 한 계단 한 계단 닦아간다

는 점수漸修란 이런 경계일 것이다. '깨달음'이란 '의미가 깨어남'
과 동의어란 생각이 든다.

차가운 물소리와 바람소리가 들린다. 소리들은 소쇄하여 흔적을
남기지 않는다. 지켜야 할 제자리에서 무심히 소리 낼 뿐 치사한 인
간처럼 한자리 차지하려고 서로 밀치지 않는다. 화합을 내세운 적
이 없지만 조화로운 자연의 선율에 마음이 충만해진다. 일찍이 나
옹선사는 서대보다 높은 곳에 있는 북대 미륵암에서 살았다. 선사
가 지어 부른 노래는「토굴가」였다. 두런거려보면 선사가 어떤 마
음으로 살았는지 짐작이 간다.

청산은 나를 보고 말없이 살라 하고
창공은 나를 보고 티 없이 살라 하네
탐욕도 벗어놓고 성냄도 벗어놓고
물같이 바람같이 살다가 가라 하네.

서대 염불암 입구에는 우통수于筒水라는 정겨운 샘이 있다. 이
샘의 한 방울이 흘러 넘쳐 도도한 남한강이 된다. 그러니 이 샘물을
한 모금 마신다면 한강 물을 들이켜는 것과 다름없다. 나도 한입에
한강 물을 삼킨다. 가파른 산길에서 땀을 흘린 자만이 마시는 축복
의 물이다. 고통이 없으면 행복도 없는 법이다. 우통수에서 다시 힘

을 얻는다.

마침내 나는 서대 염불암 마당에 선다. 작년에 왔을 때와 조금도 다르지 않은 너와집 암자이다. 투명한 햇살을 받아 빛나는 등신불 앞에 선 느낌이다. 누구라도 생존을 위해 최소한의 것만 소유하고 있는 너와집 암자 뜰에서 보라. 무소유가 무엇인지 스스로 깨달아지리라. 나옹스님이 환생한 듯「토굴가」가 절절하게 들려올지도 모른다. 욕망과 성냄의 짐을 얼마나 무겁게 지고 사는지 절로 알게 될 것이다. 뿐만 아니라 머리카락도 안 보이게 꼭꼭 숨었던 '내 안의 내'가 보이게 될 터이다.

그런데 나는 지금 머리가 무거워진다. 나로 인하여 산짐승의 발길이 잦았던 서대 염불암이 사람 떼로 몸살을 앓지는 않을지 걱정된다. 무례한 잡인雜人의 발걸음이 두렵다.

혜암과 일타는 염불암에서 오후불식을 했다. 아침은 상원사로 내려가 가볍게 죽을 한 사발 먹고, 점심 공양은 염불암에서 해결하고, 저녁은 아무것도 먹지 않고 마가목차로 목과 창자를 적셨다. 생식을 준비하는 공양주는 일타가 자청했다. 콩과 솔가루만 먹는 생식이었다. 일타는 콩 때문에 혜암에게 타박을 들은 일도 있었다.

"일타스님, 다 같은 콩인데 무얼 그리 가리십니까?"

일타가 썩은 콩을 골라낸 뒤 좋은 콩만 먹자고 하자 혜암이 그러지 말자고 했다. 실제로 혜암은 썩은 콩이든 좋은 콩이든 가리지 않

염불암 마당 끝에서 화두를 들고 있는 의자

고 한 끼에 일정한 개수만 먹었다. 생콩만 먹는 것이 아니라 변비를 방지하기 위해 솔가루를 물에 타 가루약처럼 마셨다.

"그렇다. 콩 한 알에도 부처님 법이 담겨 있구나. 콩이면 콩이지 더러운 콩, 깨끗한 콩이 어디 있겠는가? 콩 한 알에도『반야심경』의 도리가 담겨 있구나."

일타는 중대 사자암 위쪽의 적멸보궁에서 공부를 맹세하며 자신의 오른손 네 손가락을 태운 뒤 염불암을 떠났고, 혜암은 적멸보궁으로 올라가 하루 삼천 배씩 일주일 동안 예참하고 금생에 기필코 견성할 것을 서원하였다.

# 겨울을 나지 않은 인동초가
# 어찌 꽃을 피울 수 있으리

'오대산 사고 0.9km'

　이정표가 서 있는 곳에서 혜암스님이 37세에 오도한 사고암史庫
庵까지는 쉬엄쉬엄 걸어도 20여 분이면 넉넉할 것 같다. 산길로 들
어서자 곧 상원사 가는 큰길은 산자락에 가리어 보이지 않는다. 침
엽수와 활엽수의 울울한 숲 그늘이 음음하다. 오대천으로 흘러가는
남호암골 계곡물의 찬 기운이 목덜미를 파고든다. 계곡물에는 낙엽
이 떠 흐른다. 가을이 제자리를 비우고 어디론가 떠가는 것도 같다.
가을이 떠난 자리에는 첫서리가 내리고 이내 첫눈이 올 것이다.


오대산본 조선왕조실록은 왜 오대산으로 돌아오지 못하는 것일까?


사고史庫는 월정사가 가깝고 물과 불, 바람의 삼재三災를 막을 수

있는 곳에 터를 잡아 지었다고 한다. 특히 월정사가 가까운 곳에 사고를 지은 까닭은 승군을 수월하게 동원할 수 있기 때문이었을 것이다. 실제로 오대산 사고는 월정사와 상원사에서 차출한 20여 명의 승군과 수호군이라 불리는 관군이 지켰다고 전해진다.

관심을 끌지 못했던 오대산 사고가 세상 사람들의 주목을 받게 된 이유는 사고에 보관돼오던 조선왕조실록 중 일부인 47책이 최근 일본 도쿄대학에서 기증 형식으로 반환됐기 때문이다. 오대산 사고에 봉안된 실록은 200여 년의 역사를 안고 있다. 오대산 남호암골에 사각史閣을 지어 1606년에 태조부터 명종까지의 실록 초고본을 봉안하자 1616년에는 선조실록, 1653년에는 인조실록, 1657년에는 선조수정실록, 1661년에는 효종실록, 1678년에는 광해군일기, 1728년에는 경종실록, 1805년에는 정조실록을 거듭 봉안했던 것이다. 그런데 일제강점기인 1913년 10월 데라우치 총독이 사고의 모든 실록을 강탈해 도쿄제국대학 도서관에 보관하다 관동대지진으로 대부분 소실됐지만 대출했던 47책은 화를 면했다고 한다.

조선시대에는 사고 관리 총책임자인 실록수호총섭實錄守護摠攝을 월정사 주지가 맡았으며 수호군 60명에 승군 20여 명이 사고를 지켰는데, 특히 승군은 사고사史庫寺에 머물렀다고 한다. 그러니까 사고와 선원보각 뒤에 자리한 오늘날의 영감사는 사고사의 후신인 것이다.

산길 끝에 '오대산 사고 수직사守直舍 터'라는 표지석이 나를 반긴다. 수직사 터 아래에 조그만 다랑이 밭이 있고 안내판이 보인다. 다랑이 밭에는 배추와 무가 자라고 있다. 무는 낮에 햇볕을 받아 크고, 배추는 밤에 달빛을 받아 자란다고 했던가. 다랑이 밭의 무와 배추도 자기 식대로 푸르게 푸르게 지심귀명례至心歸命禮하고 있다. 지심귀명례란 '지극한 마음으로 귀의하다' 정도로 풀이할 수 있다. 누구에게 귀의한다는 말일까? 두말 할 것도 없이 스스로 잘 자라다가 사람을 위해 먹을거리가 된다는 것이다. 그러고 보니 마지막에는 자기 몸을 던져 무아無我를 이룬 뒤, 사람과 하나가 되는 회향의 도리를 아는 무와 배추다. 그렇다. 무아를 이루지 않고서 어떻게 진정한 헌신과 희생과 자비를 말할 수 있을 것인가. 자기를 비워버린 무아가 되지 못한 채 나라고 고집하는 내가 있다면 그것은 거죽만 헌신이요 희생이요 자비일 뿐이다.

안내문에는 사고의 건물이 6.25전쟁 때 소실되었다가 1992년에 복원되었다고 쓰여 있다. 한때 조선왕조실록을 봉안했던 사각으로 들어서자 외부인의 출입을 경계하는 듯 말벌이 붕붕 소리 내며 날아다닌다. 사각 기둥에 몸을 기댄 채 한동안 상념에 잠긴다.

이방인을 경계하는 것인지 말벌들이 머리 위를 떠나지 않고 있다. 다분히 위협적이다. 나는 슬그머니 조선왕조의 족보를 보관한 선원보각 쪽으로 물러선다. 선원보각도 방치된 듯 마루에 사람들

오대산 사고史庫, 조선왕조실록을 보관했던 사각과 선원보각(오른쪽 건물)

왕실족보를 보관했던 오대산 선원보각

의 발자국이 어지럽게 찍혀 있다. 사각이나 선원보각이나 모두 얼이 빠진 껍데기만 남아 있는 모습이다. 도쿄대에서 반환받은 오대산본 조선왕조실록을 원래대로 이곳에 봉안한다면 비로소 관리인들의 손길이 부지런해질 것 같다는 기대를 가져본다.

실록을 찾아오는 데 월정사 스님들이 갖은 노력을 다했음에도 불구하고 실록은 현재 서울대 규장각에 보관돼 있다고 한다. 크게 잘못된 일이다. 반환된 오대산본 조선왕조실록이 제자리로 돌아오지 못하고 있는 현실이 안타깝다. 실록이 사고에 있지 않고 왜 규장각에 있어야 하는지 서울대의 처사를 도무지 이해할 수 없다.


## 피가 얼 정도의 영하 20도 방에서 마침내 오도송을 부르다

한때 사고암이라 불리던 영감사는 수행하는 스님이 머물고 있는 듯 사각이나 선원보각과 달리 정갈하다. 절 마당은 비질의 흔적이 또렷하고 낮은 담 안에는 야생화가 가을볕을 쬐고 있다. 그런데 영감사 토방에는 스님의 신발이 보이지 않는다.

이 자리가 바로 혜암스님이 오도한 곳이다. 지금은 수행하기 좋은 건물로 복원해놓았지만 혜암스님이 정진할 때는 움막 수준의 토굴이었을 것이다. 그런데 혜암스님은 서대 염불암과 동대 관음암을 떠난 뒤, 왜 이곳으로 다시 와 정진했을까?

'삼재를 면한다는 명당이기 때문이었을까? 선객들은 감각이 예민하여 명당의 기운을 바로 감지한다고 하는데 혜암스님도 그러했던 것일까? 하긴 명당의 좋은 기운은 죽을 각오로 공부하는 선객에게 어떤 불가사의한 힘을 줄지도 모른다. 절에는 도량신이 상주하면서 대중을 외호한다는 말이 있지 않은가.'

혜암스님이 확철대오한 오대산 사고의 토굴은 당신에게는 선승으로서 분기점이 되는 곳이다. 혜암스님이 토굴에서 어떻게 정진했고, 깨달음의 경계가 어떠했는지는 스님의 상좌라면 모르는 사람이 없을 터이다. 혜암스님은 그 무렵 오대산 동대 관음암과 설악산 오세암, 그리고 태백산의 동암을 오가며 용맹정진하던 중 1957년 초겨울 '공부하다 죽으리라'는 각오로 오대산 토굴에 들어갔는데, 그곳이 바로 사고암이었던 것이다.

겨울철의 사고암은 칼바람이나 겨우 막는 흙벽에다 지붕에는 마른풀을 얹은 움막으로 기온이 내려가면 방 안의 온도가 영하 20도를 오르내렸다. 방 안이나 부엌이나 늘 얼음이 얼어 있었다. 혜암은 한 끼니에 잣나무 생잎과 콩 열 개씩을 먹으며 버텼다.

방에 불을 때는 일도 없었다. 나무하는 시간이 아깝고 방이 따뜻하면 졸음이 오므로 아궁이에 군불을 넣지 않았다. 화두삼매를 잃지 않기 위해 참선 공부 이외의 것들은 모두 가차 없이 잘라버렸다.

얼음장 같은 차가운 방바닥에서 가부좌를 틀고 있으면 정신이 바짝 나고 수마가 달아났다.

당시 사고암을 찾았던 한 상좌스님의 증언이다.

"영하 20도나 되는 사고암 토굴에서 불도 때지 않고 사시더군요. 스님을 시봉하는 능혜스님도 똑같이 정진하더라고요. 능혜스님은 피가 얼어버릴 정도였어요. 그런데도 불을 안 때고 살았는데, 능혜스님은 한 달쯤 단식하여 몸무게가 20여 킬로나 빠져 있었어요. 스승과 상좌가 똑같이 독하더군요."

누구도 흉내 내지 못할 초인적인 고행이었다. 하루 이틀이 지나고 한 달 두 달, 드디어 4개월째가 되었다. 졸음이 완전히 사라졌다. 수면이란 참선 공부하는 사람에게 없어도 되는 것이라는 사실을 체득했다. 드디어 육신을 괴롭히던 수마가 먼저 항복했고, 화두를 방해하는 모든 장애가 물러섰다. 오로지 화두 하나만 성성했다. 그러한 경계는 선가에서 말하는 백척간두였다.

혜암은 며칠 동안 백척간두 경계에서 더 나아갔다. 그제야 하늘과 땅이 하나가 되고, 낮과 밤이 하나가 되고, 아침과 저녁이 하나가 되었다. 온몸이 의심덩어리가 되더니 몰록 심안心眼이 열렸다. 스님은 방문을 박차고 나와 깨달음의 게송을 읊었다.


미혹할 때는 나고 죽더니

혜암스님이 살았고, 고려 나옹선사가 은거했던 오대산 북대 미륵암

깨달으니 청정 법신이네.

미혹과 깨달음 모두 쳐부수니

해가 돋아 하늘과 땅이 밝도다.

迷則生滅心

悟來眞如性

迷悟俱打了

日出乾坤明


　이른바 혜암스님의 오도송이다. 스님의 성정답게 꾸밈이 없고 명료하고 단호하다. 마치 혹독한 겨울을 이겨낸 인동초의 꽃처럼 향기가 진하다. 혹한의 겨울을 나지 않은 인동초가 어찌 꽃을 피울 수 있으리! 눈보라가 사납게 부는 겨울철 내내 자결할 각오로 용맹정진한 끝에 얻은 경지를 짐작게 하는 오도송이다.

　혜암스님이 또다시 오대산을 찾은 것은 40세와 42세 때였다. 특히 42세 때는 은사 인곡스님이 입적하자, 49재를 지낸 뒤 오대산으로 돌아와 오대 중에서 가장 높은 곳에 위치한 눈보라가 미친 듯 몰아치는 북대 미륵암에서 겨울을 났다.

　북대 미륵암에 살면서는 생사를 뛰어넘는 수행일화 한 토막을 남겼다. 밤새 폭설이 내린 어느 날 어둑한 새벽이었다. 반사하는 흰 눈빛에 의지하여 상원사로 내려가는 산길을 걷다가 맞은편에서 어슬렁거리며 오는 호랑이와 마주쳤다. 호랑이는 스님을 보자마자 두 눈에 시퍼런 불을 켰다. 스님 역시 한 발짝도 물러서지 않은 채 두 눈을 부릅떴다. 그러자 호랑이가 고개를 한 번 끄덕이고는 산속으로 사라져버렸다.

이듬해는 남대 지장암으로 옮겼는데, 40세 때 동대 관음암에서 살던 것까지 합쳐 오대산의 오대를 두루 안거하며 정진했던 바 이는 다생多生으로 맺어지는 법法의 인연이었다.

# 제3장

# 지리산

## 상무주암 · 문수암 · 도솔암 · 칠불사

산 아래의 단풍에 취할 사이도 없이
가쁜 숨을 몰아쉬며 산길을 타다 보면 문득 잠자던 영혼이 기지개를 켠다.
몸을 힘들게 하여 고단하도록 한 보상인데,
아! 이래서 수행자들이 몸을 혹사하듯 고행하는구나, 하는 생각이 절로 든다.

# 그대가 지금 하는 일이
# 바로 공부다

혜암스님은 높은 산에 구름 한 자락처럼 자리한 산중암자에서 정진하기를 좋아했다. 세속의 잡사와 명리를 멀리하고자 경계했던 까닭이다. 우리나라 여러 명산 중에서도 특히 평생 동안 마음에 두었던 산은 오대산, 태백산, 지리산이었다.

공자는 『논어』에서 지혜로운 사람은 물을 좋아하고 어진 이는 산을 좋아한다(智者樂水 仁者樂山)고 했다. 그런데 불가에서는 조금 다르다. 수행자들은 지혜를 구하기 위해 산을 찾고 기도하기 위해 물을 찾는다. 고승들이 주석했던 유수한 암자들이 다 높은 산 깊은 골짜기에 있고, 강원도 낙산 홍련암과 여수 돌산 향일암 그리고 강화도 보문사 등 기도처가 모두 바닷가에 있는 것을 보면 알 수 있는 현상이다.

## 나라는 존재는 망망대해에 뜬 일엽편주일 뿐이다

혜암스님이 처음으로 지리산 상무주암에서 정진한 때는 1968년 스님의 나이 49세 무렵이었다. 상무주암은 나도 여러 번 올랐던 곳인데, 가을에 올라가야 암자의 참모습을 제대로 느낄 수 있는 암자이다. 그렇다고 단풍의 절경을 구경하는 데 안성맞춤이라고 예단해서는 안 된다. 눈을 즐겁게 하는 것은 지나가는 바람처럼 한순간일 뿐이다.

지리산에서는 '눈 속의 눈'이 절로 떠진다. 산 아래의 단풍에 취할 사이도 없이 가쁜 숨을 몰아쉬며 산길을 타다 보면 문득 잠자던 영혼이 기지개를 켠다. 몸을 힘들게 하여 고단하도록 한 보상인데, 아! 이래서 수행자들이 몸을 혹사하듯 고행하는구나, 하는 생각이 절로 든다. 몸은 인내심을 저울질하듯 지쳐가는데 반대로 정신은 깊은 우물처럼 맑아져 있는 것이다.

산마루에서 올라온 길을 되돌아보면 나라고 하는 존재가 갑자기 초라해진다. 유장한 능선들이 앞서거니 뒤서거니 하면서 파도치는 장관을 볼 때 나라는 존재는 한낱 망망대해에 뜬 일엽편주에 불과하구나 하는 자각이 드는 것이다. 그러다 보니 어쭙잖은 자존심은 온데간데없이 사라지고 하심下心만 오롯이 남는다. 하심이란 나를 상대보다 밑에 놓는다는 말이니 지극한 겸손과 다르지 않다.

상무주암은 고려시대 때 보조국사가 창건하고, 깨달음을 얻은 곳으로 알려져 있다. 어느 날 보조국사가 중국 대혜선사의 어록을 보다가 '선이란 고요한 곳에도 있지 않고, 또한 시끄러운 곳에도 있지 않고, 사량분별思量分別하는 그 어느 곳에도 있지 않다'라는 구절에서 대오를 성취했다고 전해진다.

가을가뭄이 타는 듯 심하다. 한 달째 비가 오지 않아 산자락과 골짜기들이 메말라 있다. 땀을 들이며 물을 마시고 싶지만 계곡물이 말라 있다. 위로 오를수록 활엽수 잎들은 오그라들어 있고, 솔잎은 생기를 잃고 잣나무처럼 흰빛을 띠고 있다. 아직도 울긋불긋한 산밑과 달리 단풍이 끝나가고 있는 산위의 나무들은 벌써 겨울 준비를 하고 있다. 나무들이 빈혈을 앓듯 빛깔이 바랜 것은 가지와 잎의 수액을 뿌리로 내려보내고 있기 때문일 텐데 스스로 몸 안을 비워야 겨울에 얼지 않고 살아남을 터이다.

사람들도 나무의 지혜를 배워야 한다. 욕심을 비울 줄 알아야 행복하게 살 수 있다. 채우려고 하고, 앞서 가려고 달리다가는 재앙을 만나 파멸하게 된다. 우리 주위에는 좌고우면하지 않고 앞만 보고 단거리 경주하듯 달리는 사람들이 예전보다 늘었다. 그렇다고 행복지수가 올라간 것은 절대 아니다. 차라리 배고픈 시절에는 가난조차 서로 나누면서 오순도순 살았다며 그 시절을 그리워하는 사람들이 많다.

혜암스님이 주석했고 보조국사가 대오했던 지리산 상무주암

천황봉과 반야봉 같은 지리산 봉우리들이 외호하고 있는 상무주암

아직도 상무주암 암주는 현기스님이라고 한다. 십수년째 상무주암에서 정진하고 있는 선승이다. 이상하게도 상무주암을 올라올 때마다 산은 가을가뭄으로 몸살을 앓고 있다. 그때도 현기스님께서 무를 묻으려고 사람 키만큼 땅을 팠는데 물기가 없다며 나무들이 고사하지 않을까 걱정하셨던 것이다. 이번에는 스님이 산 아래로 출타하시고 안 계신다. 암자를 지키는 스님 한 분과 보살이 있는데 스님은 말수가 없다. 묵언수행 중이라면 아무 말도 묻지 말아야 한다.


## 선禪이란 믿음에서 바로 들어가는 것이다

나는 암자 평상에 앉아서 그때 현기스님과 주고받았던 얘기들을 떠올려본다.

　"스님, 제가 「암자로 가는 길」 연재할 때입니다. 이곳에 취재를 와서 암자 이름인 '상무주上無住'가 무슨 뜻이냐고 묻자 스님께서 '상무주'란 부처님도 발을 붙이지 못한다는 뜻이라고 말씀했고, 나무는 한 생으로 끝나지만 숲은 영원한 생이라고 말씀하셨습니다. 그러면서 나라는 울타리를 넘어서야 영원한 생명인 아미타불이 된다고 말씀했습니다."

　"내가 그런 말을 했어요? 지금 생각해보니 틀렸어요. 언어는 성색聲色을 그릴 뿐입니다. 성색이란 그림자지요. 그러니 언어로 표현한 것은 여여如如한 것이 아닙니다. 보다시피 저 숲은 여여하지만 말이오."

"스님께서 과거에 하신 말씀을 정정하시니 그것만으로도 제가 땀 흘리며 여기에 온 보람이 있습니다."

"왜 과거를 들먹이지요? 과거는 이미 사라지고 없는 거요. 기억도 마찬가지지. 잊어버리면 사라지는 거지. 우리가 지금 있는 이 자리에 앞뒤가 어디 있겠소?"

주눅이 들 정도로 쏘아붙이는 말투였다. 그러나 나는 까칠한 사람을 좋아하는 편이다. 법정스님도 겉은 까칠했으나 내면은 따뜻한 분이었다. 까칠한 사람이 당장은 불편할지는 몰라도 나를 깨어 있게 하므로 좋은 것이다. 그렇다. 까칠한 사람이 가장 친절한 사람일 수도 있다. 좋은 게 좋다는 식으로 말하는 사람은 타성에 젖어 살게 하는 마취제 같은 사람일 수도 있으니까.

"성색을 좇지 마시오. 언어만 성색이 아니라 권력, 명예 같은 것도 성색이지요."

그때 스님은 상무주암 창문에 나무 그림자가 어리면 새들이 자꾸 날아와 낙상하는데, 새가 나무 그림자를 좇는 것과 사람이 성색을 좇는 것은 다르지 않다고 말했다. 내 산방에도 이따금 새가 날아와 죽어 있을 때가 있으므로 실감이 난다. 새는 현관 창에 드리운 소나무 그림자를 실제로 착각하고 날아와 부딪쳐 죽어 있곤 했던 것이다. 삶의 본질보다는 허망한 그림자를 좇는 사람도 추락하는 새와 다르지 않다는 생각이 든다.

"스님, 선禪이란 무엇입니까?"

"선이란 특별한 것이 아니오. 믿음에서 바로 들어가는 것이 선이오. 수행이란 자세히 들여다보면 믿음의 순도를 높여가는 거요."

"그 방법은 무엇입니까?"

"빼기를 하시오. 참선은 빼기지요. 불교의 지혜는 빼기예요. 자꾸 더하니까 문제가 생기는 거지요. 빼기는 곁가지를 자르는 것이기도 해요. 살인검 활인검이듯 자르고 죽이는 것이 불교의 지혜지요."

"믿음에서 바로 들어가는 것이 선이라면 교教는 무엇입니까?"

"교는 닦고 난 뒤에 받는 것이지요."

말씀(教)은 깨달은 뒤에 그것을 얘기하는 체험담이라는 것이다. 그렇다면 우리에게 그것이 아무리 지고지순한 진리라 하더라도 간접체험일 수밖에 없다는 얘기다. 내 것이 아니라 남의 것이라는 얘기다. 혜암스님도 깨달음에 있어서 남의 것을 내 것이라고 속이지 말라고 늘 경책하셨는데 비로소 스님의 경책이 절절하게 다가온다.

상무주암 마당 앞에 자라고 있는 소나무들은 다 혜암스님이 심었다고 한다. 30년도 더 된 소나무들인데 상무주암에 남은 혜암스님의 흔적인 셈이다.

## 지금 하는 일에만 마음을 두어라

그런데 스님은 이때(49세) 상무주암에서 1킬로미터 정도 떨어진 곳에 동굴을 하나 발견하고 암자를 지었다. 오늘날의 문수암이다. 등산객이나 선객들이 자주 찾아오는 상무주암이 번거로웠는지도 모른다. 스님의 성정으로 보아 그랬을 터이다.

혜암스님은 편지로 상좌 원각을 불렀다. 원각이 상무주암에 도착했을 때는 이미 문수암 공사가 상당히 진행되고 있었다. 목수 한 사람이 기둥과 서까래 용도의 나무들을 깎고 있었고, 한 젊은 스님이 지게로 상무주암에서 공사현장까지 밥과 새참을 져 나르고 있었다. 원각이 오자 젊은 스님은 곧 하산해버렸다. 일손이 부족한데도 혜암스님은 젊은 스님을 붙잡지 않았다.

"스님, 젊은 스님을 왜 붙잡지 않았습니까?"

"난 그를 부른 일이 없다. 그런데 왜 붙잡겠느냐?"

혜암스님은 오는 사람 막지 않고 가는 사람 붙잡지 않았다. 원각은 젊은 스님이 하던 일을 대신 했다. 밥과 새참뿐만 아니라 모래와 시멘트를 상무주암에서 공사현장까지 지게로 날랐다. 원각이 젊은 스님을 아쉬워하자 혜암스님이 말했다.

"지나간 것에 마음을 두지 말거라. 지금 하는 일에만 마음을 두어라. 공부가 따로 있는 것이 아니라 그것이 바로 공부다."

혜암스님이 세 달 정진하기 위해 아홉 달 동안 온갖 고생하며 지은 지리산 문수암

혜암스님에게는 참선만이 공부가 아니었다. 지금 하고 있는 일에 심신을 다 바치는 것이 공부였다. 암자를 하나 짓는 것도 스님에게는 수행이고 정진이었던 것이다. 밤이 되면 고된 막노동으로 끙끙 앓았지만 혜암스님은 막노동도 수행이라 여겼고 뒷사람을 위해 지금 자신이 할 수 있는 유일한 일로 돌렸다.

마침내 첫눈이 내리기 전인 늦가을에 암자가 하나 지어졌다. 그러자 혜암스님은 원각을 불러 말했다.

"이제 너는 해인사 선방으로 가거라. 나는 문수암에서 처사와 함께 겨울을 날 것이다."

처사는 혜암스님보다 나이가 많았는데 출가수행자가 되려고 찾아온 사람이었다. 원각을 해인사로 돌려보낸 것은 원각이 선방대중과 함께 동안거를 나라는 배려였다. 아직은 홀로 수행하는 토굴 생활보다는 선방대중들 속에서 탁마할 때라고 봤던 것이다.

원각은 동안거가 해제되자마자 문수암으로 다시 올라갔다. 원각은 은사와 처사의 모습을 보고는 놀라지 않을 수 없었다. 두 사람은 3개월 전과 아주 딴판이었다. 머리는 봉두난발이었고 수염은 산적처럼 길게 길었고 옷은 여기저기를 기운 누더기가 다 돼 있었다.

그런데 혜암스님은 문수암을 곧 떠나고 말았다. 원각은 3개월 살기 위해 9개월 동안 온갖 고생을 한 혜암스님을 이해할 수 없었다. 그러나 혜암스님은 자신이 지은 새 암자에 대한 집착이 전혀 없었다. 암자 짓는 것도 하루를 허투루 낭비하지 않는 자신의 질서를 지키고자 했던 공부라고 생각했을 뿐이다. 선승으로서 참선만이 공부라고 여기지 않았던 것이다.

혜암스님에게는 지금 하고 있는 일이 바로 공부였다. 그리고 그 일을 할 때는 혼신의 힘을 다한 나머지 밤에 잘 때는 끙끙 앓을 정도가 돼야 비로소 '오늘 하루 공부 잘했다'고 점수를 주었다.

혜암스님은 문수암을 지나가는 등산객들에게도 직업이 무엇이건 간에 지금 자신이 몸담고 있는 일에 목숨 바치듯 정성을 다하는 것이 참 공부라고 가르쳐주었다.

# 뜻은 처음처럼,
# 행동은 한결같이 하라

노스님들이 하는 설법 중에는 보통사람들이 알아듣기에 어려운 말이 많은 것도 사실이다. 아마도 중국의 조사와 선사들이 법문한 언어를 그대로 답습한 한자 세대이기 때문일 것이다. 나는 노스님들의 설법을 은근히 좋아하는 편이다. 알 듯 모를 듯 한 말들이 있지만 그것에도 매력을 느낀다. 애매한 용어들의 뜻이 무얼까 하고 생각을 한 번 더 하게 되는 데다 메아리 같은 여운이 남기 때문이다.

그러나 불교를 처음 만나는 초심자들에게는 어렵고 낯설어서 불편한 말일 수밖에 없을 것 같다. 예를 들자면 '일행삼매—行三昧'나 '일념삼매—念三昧' 같은 용어다. 나는 일행삼매를 우리말로 '한결같이'로, 일념삼매를 '처음처럼'으로 풀어서 이해하고 있다. 뜻은 '처음처럼' 하고 행동은 '한결같이' 하고 산다면 그게 바로 깨달음으로 가는 수행이 아닐까 싶다. 조사와 선사의 깊은 뜻을 다 담지는 못하지만 그래도 초심자들이 접근하는 데는 보탬이 되리라고 믿는다.


## 좌선이란 몸이 아닌 마음이 앉아 있는 것이다

혜암스님은 한겨울 세 달을 살기 위해 무려 아홉 달 동안 온갖 고생을 다하며 문수암을 지었는데, 그렇다면 그 세 달 동안 정진했던 내용은 무엇이었을까? 나는 혜암스님께서 세상에 공개하지 못할 무슨 비밀스러운 수행을 했다고 생각지 않는다. 출가했을 때의 마음인 듯 '처음처럼' 정진했고, 오대산 사고암에서 깨달았을 때인 듯 '한결같이' 정진했을 거라고 짐작해본다. 눈 덮인 문수암을 찾아갔던 성법스님의 증언이다.

성법은 겨울 양말 한 켤레를 바랑에 넣고 지리산 문수암으로 향했다. 어느 신도가 강원 해제 날 대중공양으로 학인들에게 한 켤레씩 나눠준 겨울용 양말이었다. 성법은 자신이 신기보다는 자신에게 사미계를 준 은사스님에게 그 양말을 선물하고 싶었던 것이다. 성법은 함양까지 버스를 타고 갔다가 다시 마천 가는 시외버스에 올랐다. 눈이 내리기 시작했다. 버스가 마천에 도착했을 때는 지리산이 설국으로 변해 있었다. 성법은 영원사 초입에 있는 마을까지 걸어갔다.

문수암 정랑에 앉아 용변을 보면서 감상하는 지리산 능선

그곳에서 촌부에게 문수암 가는 길을 묻자 촌부가 눈길 산행을 만류했다. 그러나 성법은 은사가 된 혜암스님이 '참선 공부만 하는 수좌'라는데 도대체 어떤 모습인지 궁금하여 견딜 수 없었다.

'출가한 이후 등을 방바닥에 한 번도 대지 않는 장좌불와 수행을 하고 있다는데, 과연 그게 가능한 일일까? 하루에 한 끼만 먹고 산다는데 그게 사실일까? 나를 제자로 인정해주실까?'

성법은 촌부의 만류를 뿌리치고 산길로 들어섰다. 밤이 되자 다행히 눈은 그쳤지만 산길에는 이정표가 없었다. 길을 잃고 왔던 길을 되돌아가기를 여러 번 반복했다. 기진맥진해지자 양말 한 켤레가 든 바랑이 천근만근 무거워졌다. 쓰러지기 바로 직전 무렵에야 희미한 불빛이 보였다. 상무주암이었다. 성법은 상무주암에서 기운을 차린 뒤 문수암으로 바로 내려갔다.

성법이 문수암에 도착했을 때는 밤 열한 시쯤이었다. 문수암 굴뚝에서는 연기가 모락모락 피어오르고 있었다. 혜암스님이 부엌에서 군불을 때고 있는 것 같았다. 성법은 부엌 쪽으로 돌아갔다. 과연 혜암스님이 부엌문을 열어놓은 채 군불을 지피고 있었다. 성법은 헛기침으로 인기척을 냈다. 그러나 혜암스님은 조금도 놀라지 않은 채 아궁이에 썩은 나뭇가지를 넣고 있기만 했다. 죽음을 무릅쓰고 찾아온 성법은 섭섭했다. 도인이란 자기 하는 일에만 몰두하는가 싶기도 했다. 한참 만에 혜암스님은 뒤돌아서서 성법을 보았다.

　성법이 합장하면서 "해인사에서 온 성법입니다. 스님께 이미 사미계를 받았으나 처음으로 친견합니다."라고 하자, 혜암스님은 고개만 끄덕하고는 인법당으로 들어갔다. 표정으로 보아 따라 들어오라는 것 같았다. 성법은 방으로 들어가 비로소 큰절을 올렸다. 절을 받는 혜암스님의 발을 보니 양말은 덕지덕지 기워 있었다. 성법이 바랑에서 양말을 꺼낸 뒤 내밀자, 혜암스님이 그것을 받으면서 "참선을 해야 중이지." 하고 말했다.

　그런데 성법은 잠을 잘 수가 없었다. 혜암스님이 앉아서 장좌불와를 하고 있기 때문이었다. 더구나 가만히 앉아서 좌선만 하는 것이 아니라 밤새 설법을 했다.

　"이 공부는 세상 공부와 아주 다르다. 세상의 공부는 눈으로 하고 귀로 하고 코로, 입으로, 몸으로, 또 번뇌망상으로 하는데 이 공부는 그 반대로 한다. 이 공부는 상대가 끊어진 무심無心 공부이기에 지금까지 알았던 일도 다 잊고, 심지어 부처님 말씀도 다 버려야 된다. 전에 알았던 것을 조금만 들썩거려도 병이 되고 결국 공부가 되지 않는 것이다. 그렇기 때문에 묘한 공부라고 하는 것이다. 이것은 세상 공부하고 달라 눈으로 안 보이고 귀로 들을 수 없어서 재미도 없다. 길이 여러 가지가 아니라 딱 한 길만 있기 때문에 조금만 삐뚤어져도 그냥 물거품이 돼버린다. 길을 기웃거리면 고생만 하지, 이 공부하고는 관계가 없어져버린다. 답답한 한 군데를 잡아 '이 뭣고?'를 공부하되, 욕심을 가지고 급하게 해서도 안 되고 힘을 주고 해서도 안 된다. 그러면 병이 난다. 몸에다 힘을 준다든지 욕심 사납게 빨리 깨쳐야지 하고 공부하는 것은 헛공부일 뿐, 이 공부하고는 아무 상관이 없다. 용맹스럽게 화두 공부하라고 하니까 막 힘부터 내는데, 그것은 간절하게 정성껏 하라는 말이지 힘으로 하라는 말이 아니다. 그래서 미묘법微妙法이라고 한다. 이렇게 공부는 묘하게 하게끔 되어 있는데, 혼자서 하다가 병이 나는 사람이 많다. 아주 간절한 생각, 정성스러운 생각으로만 할 따름이지 급한 마음으로 욕심을 내서는 안 된다. 답답한 데다 대고 '이 뭣고?' 하는 공부를 지어가야 한다. 이 말은 답답한 공부를 하라는 말이 아니다. 답답한 데다 '이 뭣고?' 하라는 것은 딴짓거리를 못하게 하기 위해서, 알아듣기 쉽게 하기 위해서 하는 말이다."

"좌선이란 몸이 앉아 있는 것이 아니라 마음이 앉아 있는 것을 말한다."

"누구나 욕심만 없으면 과거, 현재, 미래, 이 삼세의 일을 다 알게 되는 숙명통을 얻는다. 욕심이 털끝만큼도 없다면 참선 공부를 안 해도 숙명통을 얻는다."

성법은 밤 열한 시 반부터 다섯 시간 동안 설법을 들었다. 어느새 창호에 푸른빛이 돌았다. 성법은 저린 다리 운동도 할 겸 겨우 말을 꺼냈다.

"아침 공양을 준비하겠습니다."

"나는 아침, 저녁을 먹지 않으니 너나 먹거라."

성법은 부엌으로 들어갔지만 눈앞이 아찔했다. 양식이라곤 술가루와 쌀가루에 이따금 찾아오는 스님들이 놓고 가는지 곡식 통에 보리쌀이 반쯤 차 있는 게 전부였다. 반찬거리는 새끼줄에 달린 시래기 묶음이 있고, 냄비에는 멀건 된장국이 조금 남아 있었다. 성법은 배가 고팠지만 아침을 먹지 않았다. 시래기와 찬 된장국을 보는 순간 입맛이 싹 가셨던 것이다.

"아침 공양을 왜 하지 않느냐?"

"낮에 먹겠습니다."

"지게는 암자 뒤에 있다. 아침 공양 때가 지났으니 나무를 하러 가야지. 낮에는 일하고 밤에만 공부한다."

성법은 상무주암 쪽으로 나무를 하러 갔다. 공양주보살이 주는 떡을 배불리 먹었다. 그러나 밤에 잠도 자지 못하고 공부할 것을 생각하니 소화가 되지 않았다. 성법은 혜암스님을 일주일 정도 시봉하고 내려가려 했으나 마음을 고쳐먹었다. 낮에는 일하고 밤에는 밤새 설법을 들어야 할 것을 생각하니 눈앞이 캄캄했던 것이다.

결국 성법은 3일 만에 두 손을 들었다. 3일째 되는 날 아침 보리쌀밥을 해먹은 뒤 혜암스님에게 거짓말을 했다.

"스님, 오늘은 해인사로 돌아가야 합니다."

"어서 가봐야지."

혜암스님은 성법을 붙들지 않았다. 차비 3천 원을 주면서 문수암을 떠나라고 했다. 오는 사람 막지 않고 가는 사람 붙들지 않는 혜암스님의 가풍이 그랬다.


## 용맹정진은 자신의 무한한 능력을 깨닫게 해준다

혜암스님이 다시 지리산 상무주암을 찾은 것은 1979년 60세 때였다. 자신이 지은 문수암에는 비구니 두 사람이 살고 있어서 상무주암으로 갔다. 혜암스님은 상좌들에게 늘 지리산 3대 토굴로 함양의 금대와 상무주암 그리고 남원의 백장암을 지목했다. 금대는 3일 만에, 백장암은 5일 만에, 상무주암은 7일 만에 도를 깨닫는 명당이라고 했다. 현재 강진 백련사 주지인 여연스님의 얘기다.

"태백산 동암에서 우리 스님께 힘들게 인사드리고 해인사로 돌아왔다가 강원을 졸업하고 상무주암으로 갔습니다. 사실은 송광사에서 살고 싶어 미리 방부를 들여놓고 인사를 갔던 것인데 우리 스님 밑에서 공부하게 된 것이지요. 힘이 장사인 내 사제 정견스님도 그곳으로 왔지요. 젊은 우리가 얼마나 밥을 많이 먹을 때입니까?

그러나 은사스님이 소식을 하시니 바루를 펴놓고 마음대로 먹을 수가 없었어요. 눈치만 보았지요. 그때도 은사스님은 혼자 하루에 한 끼만 드셨거든요. 처음에는 세 끼를 먹는 우리에게 강요하지 않았지만 한 달이 지나자 대중을 다잡았어요. 중이 식탐이 많으면 안 된다. 오늘부터는 하루 한 끼만 먹는다."

여연과 정견은 일종식을 견디지 못하고 부엌으로 몰래 들어가 밥을 먹었다. 비구니가 사는 문수암으로 가 허기를 달랬다. 그러나 그것도 잠시였다. 두 사람이 밥을 훔쳐 먹는다는 것을 알고 혜암스님이 음식을 먹을 만큼만 내주고는 부엌문 자물쇠를 채워버렸던 것이다. 그러고는 문수암을 가지 못하게 금족령까지 내렸다. 날이 갈수록 강도는 더해졌다. 두 달 후에는 아예 단식을 시켰다. 장좌불와에 단식까지 보태졌던 것이다.

"해인사에서도 1년에 두 번씩 용맹정진을 했습니다. 그런데 우리는 아무것도 먹지 않는 단식 용맹정진이었지요. 일주일이 지나니까 죽을지도 모른다는 생각이 들더군요. 10일째는 정말 괴롭고 괴로웠어요. 망상이 막 들었어요. 영감을 죽일 수는 없고 어디다 밀어뜨려버릴까 하는 망상이 들었습니다. 그러나 이틀 정도 망상을 하다가 정신이 돌아와 포기했지요. 망상으로 이틀을 버티었으니 얼마나 기막힌 망상입니까?"

14일째부터는 자신감이 들었다. 가끔 물을 마실 뿐 아무것도 먹지 않았건만 몸에 힘이 생기고 만사가 개운했다. 그런데 혜암스님이 대중의 변화를 눈치채고는 말했다.

"우리가 여기까지 왔으니 아예 20일을 채워버리자."

대중 누구도 부담스러워하지 않았다. 담담하게 20일을 채웠다. 모두가 심신의 변화를 체험했다. 여연은 단식 용맹정진을 끝냈다는 생각보다는 깊은 동면에서 깨어난 기분이 들었다. 눈을 뜨고 보니 세상이 눈부셨다. 지리산의 모든 생명이 투명하게 빛나고 있었다. 자신의 모습도 눈이 부셨다. 거울에 비친 창백한 자신의 모습이 아름답기까지 했다.

"내 모습이 이러했던가? 대학시절에 읽은 발레리의 상징적인 시들이 막 스쳐갔어요. 이른바 깨달음이라는 암호가 풀어질 것 같아 황홀했습니다. 지견知見 같은 것이었지요. 그걸 계속 밀고 나갔어야 했는데 지금도 아쉬워요."

단식 용맹정진이 끝나자 혜암스님은 다섯 명의 대중에게 백팔참회문을 외게 하면서 절을 시켰다. 일주일 동안 만팔천배를 하게 했다. 문수암에 사는 두 명의 비구니도 동참했다. 단식을 한 뒤였기에 끼니때가 되면 겨우 미음을 넘기면서 절을 했다. 일주일 동안 대중 모두가 만팔천배를 마치면서 누가 먼저랄 것도 없이 모두가 울었다. 자신의 무한한 능력에 감동했고, 새롭게 태어나도록 해준 혜암스님이 고마워 감사의 눈물을 흘렸다. 용맹정진이란 누구를 위한 것이 아니라 바로 자신을 위한 수행이었던 것이다.

　이때 혜암스님은 정견을 앞세우고 지리산을 산행한 끝에 또 하나의 토굴 터를 발견하게 되는데, 그곳은 조선시대의 고승 청매조사青梅祖師가 살았던 터였다.

# 별은 단잠을 즐기라고
# 반짝이는 것이 아니다

사람들은 4백여 군데의 암자를 순례한 나를 암자기행 전문가라고 부른다. 어떤 일간지 기자는 불자들만의 고유명사인 암자를 보통명사로 바꾸어놓은 사람이라고도 평한 적이 있다. 내 암자기행 산문집들을 읽고 불자가 아닌 일반인들도 암자를 사랑하게 됐다는 기자의 인상비평인 것 같다.

그런데 독자들에게 가장 많이 받는 질문 중의 하나는 이런 것이다. 우리나라 암자 중에서 딱 한 군데만 추천한다면 어느 암자냐는 질문이다. 내가 가장 좋아하는 암자는 어디냐는 것이다. 그런 질문에 나는 사람의 인품을 봐가며 답해주곤 했다. 암자는 수행공간이지 관광공간이 아니기에 그렇다. 암자다운 암자로만 남아 있기를 바라는 마음이 간절하기 때문이다.

# 임진왜란 때 승병장이었던 청매조사의 혼이 깃든 도솔암

내 마음속의 암자는 지리산 도솔암이다. 청매 인오靑梅印悟 스님이 임진왜란 뒤에 살았던 터인데, 혜암스님이 상좌 정견스님을 데리고 복원한 암자다.

> 구름 없는 가을 하늘 둥근 거울이여
> 외기러기 날아가며 흔적을 남기는구나.
> 남양의 저 노인네는 이 소식을 알았으니
> 꽃바람 천리 사이 말없이 통해지네.
> 雲盡秋空一鏡圓
> 寒鴉隻去偶成痕
> 南陽老子通消息
> 千里東風不負言

청매조사가 지리산의 산중암자에서 구름 한 점 없는 가을 하늘을 보다 외기러기가 날아가자 문득 중국의 옛 선사들이 생각나 지은 게송이다.

어느 날 마조선사가 일원상一圓相을 그려 경산선사에게 보내자, 경산선사가 마조선사에게 점을 하나 찍어 되돌려 보냈다. 이를 전

승병장 청매 인오조사의 혼이 깃든 지리산 도솔암

해들은 남악선사가 "흠, 경산이 마조의 속임수에 그만 넘어갔구나"라고 말했다는 일화이다. 일원상은 허공처럼 무어라 규정할 수 없는 마음의 상징이었을 것이다. 그런데 경산선사가 점 하나를 찍어 답을 했으니 선문답의 덫에 걸려들었다는 남악선사의 평이다.

청매 인오.

조선 중엽에 서산대사의 회상에 들어가 법을 얻은 다음 임진왜란이 일어나자 서산대사를 따라 승병장이 되었다. 3년 동안 왜군과 싸웠고, 그림에도 뛰어나 광해군 때는 왕명으로 벽계 정심碧溪淨心, 벽송 지엄碧松智嚴, 부용 영관芙蓉靈觀, 서산 휴정西山休靜, 부휴 선수浮休善修 등 5대 선사들의 영정을 그렸으며, 선시에도 탁월해 「십이각시十二覺詩」와 「십무익송十無益頌」 등을 지어 승속 간에 교화를 펼쳤다.

전쟁이 끝나자 스님은 변산반도 월명암으로 올라가 암자를 중수해 지냈고, 훗날 지리산 도솔암으로 숨어들어 가 정진했는데, 공부는 고요한 데서 하는 것이 아니라며 남원 등지에 장이 서면 암자에서 산죽으로 만든 조리를 들고 사람들이 모이는 장터로 나갔다.

하지만 조리장사를 하는 것이 아니라 시끄러운 곳에서 참선을 했다. 소란스러운 장터에서도 화두가 잘 들리면 '오늘은 장사를 잘했다' 하고 화두가 순일하지 못하면 '오늘은 장을 잘못 보았다'면서

가지고 간 조리를 사람들에게 모두 나누어주고 도솔암으로 돌아오
곤 했다.

입적은 연곡사에서 했는데, 스님이 똥을 싸서 벽에 발랐다. 구린
내를 풍기니 대중이 스님을 피해 달아났다. 마지막까지 간병하던
부목이 마저 떠나려 하자 스님이 말했다.

"너는 도인이 열반하는 마지막 모습을 지켜보아라."

스님이 열반에 들자 똥칠했던 방 안에서 향기가 진동했다. 연곡
사 대중들이 스님의 이적에 신심을 내어 부도를 조성했으나 그곳
에 세우지 않고 도솔암으로 옮겼다.

이후 조선왕조의 쇠락과 함께 도솔암도 허물어지고 스님의 부도
만 잡초 속에 남게 되었는데, 일제강점기에 도솔암 쪽에서 산불이
난 듯 불길이 한동안 나타났다.

불을 끄려고 마을 사람들이 산 위로 올라갔으나 불난 흔적이 없었
다. 한 번을 더 허탕치고 세 번째는 영원사 스님들과 함께 올라가 보
니 부도에 봉안된 스님의 사리가 빛을 뿜고 있었다. 스님의 사리가
빛을 뿜는다는 소문이 나자 전국 각지에서 사람들이 몰려들었다.

이에 일본인이 부도를 영원사로 옮겨버렸다. 오르기 힘든 도솔암
에 두느니 영원사로 옮기는 편이 관광에 도움이 되리라 계산했던
것이다. 그러나 영원사로 온 스님의 부도는 다시는 방광放光을 하
지 않았다.

이를 두고 사람들은 왜군을 물리친 승병장이었던 스님이 일본인들의 장삿속을 알고 자취를 감췄다고 수군거렸다. 스님의「십이각시」게송은 이러했다.

> 깨달음은 깨닫는 것도 깨닫지 않는 것도 아니니
> 깨달음 자체가 깨달음이 없어 깨달음을 깨닫는 것이네.
> 깨달음을 깨닫는 것은 깨달음을 깨닫는 것이 아니니
> 어찌 홀로 참된 깨달음이라 하리오.
> 覺非覺非覺
> 覺無覺覺覺
> 覺覺非覺覺
> 豈獨名眞覺

## 도인은 뒷사람을 위해 살고 보통사람은 자기를 위해 산다

정견스님은 혜암스님의 상좌 중에서 몇 안 되는 선객이다. 나는 스님의 안내를 받아 도솔암을 오르고 있는 중이다. 스님의 별명은 '지리산 반달곰'이다. 태어나서 지금까지 지리산을 떠나본 적이 없기 때문에 도반들이 붙여준 별명이다.

"절도 지리산에 있고 속가도 지리산에 있는데, 왜 굳이 출가하셨습니까?"

질문을 받은 정견스님이 소박한 표정으로 웃으며 말한다.

"그냥 절이 좋았어요. 중학교 2학년 때 스님이 되고 싶어서 절에 갔더니 졸업하고 오라더군요. 속가 부친도 절하고 인연이 깊었어요. 스님들이 좋아 죽겠더라고요. 라디오에서 염불소리가 나면 끝까지 들어야 했고, 스님들이 탁발하러 오면 저분은 어떤 분일까 하고 막 궁금했어요. 속가가 벽송사 밑에 있는 마을이어서 어렸을 때부터 스님들이 낯익었지요. 함양 이쪽에 사는 친척들도 대부분 불자입니다."

산길이 잘 닦이어 있다. 정견스님이 마을 사람들을 데리고 도솔암 짓기 전부터 지게로 짐을 나르기 위해 산길을 냈다고 한다. 이윽고 도솔암에 오르자 혜암스님이 머물렀던 삼소굴三笑窟이 먼저 보인다. 아마도 통도사 극락암에 주석하셨던 경봉스님을 흠모하여 삼소굴이란 편액을 걸었던 것 같다. 경봉스님이 머무셨던 처소도 '세 번 웃는 집'이라는 뜻의 삼소굴이었던 것이다. 돌돌돌 하고 물 흐르는 소리도 들린다. 인법당 왼쪽에 대롱으로 물을 받는 수각이 놓여 있는 것이다.

지리산 정상에서 내려온 작은 산자락 하나가 미소굴과 인법당을 자애롭게 감싸고 있다. 산 위에 자리 잡은 암자는 대부분 마당이 비

한두 명의 선객이 치열하게 공부하는 지리산 도솔암

좁아 마음이 급해지는데 도솔암은 그렇지 않다. 마당이 넉넉해 발걸음이 한가로워진다. 그런가 하면 멀리 솟아 있는 지리산의 봉우리들이 도솔암을 향해 합장하고 있는 듯하다.

"정견스님께서는 무슨 화두를 받았습니까?"

"출가했을 때 노장님께서 만법귀일萬法歸一을 주셨습니다."

"만법귀일이 무엇입니까?"

"잘 모르겠습니다. 다만 화두를 들면 집중이 잘 되지요. 집중이 끊이지 않게 애를 쓸 뿐입니다. 선방을 다니고 하는 것이 다 집중이 끊어지지 않도록 매진하기 위해서입니다. 일념으로 들어가면 번뇌망상이 지워지고 희열이 생깁니다. 일여하게 가니까 확신이 들고요. 내 자신이 부처라는 확신 말입니다. 노장님께 고마울 뿐입니다."

정견스님이 눈시울을 붉힌다. 혜암스님이 그리운 모양이다.

"노장님하고는 열여덟 살에 만나 제자가 되었지요. 상무주암에 살 때 점심 공양 마치고 나면 노장이 '정견아, 빨리 나와라. 길 고치러 가자'고 하셨지요. 그러면 곡괭이 들고 나가 길을 고쳤습니다. 밥 먹었으면 길을 고쳐야지, 하고 말씀했어요. 그게 꼭 사람 다니는 길이 아니라, 다른 깊은 뜻이 있는 말씀 같았어요. 그때는 남이 편안하게 잘 다닐 수 있는 길을 만드는 게 정진이었던 셈이죠.

노장님은 어느 정도 길이 고쳐지면 나무를 하라고 시켰지요. 도솔암에서는 나무를 참 많이 했습니다. 각안스님도 나무 꽤나 했지요. 땔나무가 충분한데도 노장님은 각안스님과 저에게 '이놈들아, 나무는 많이 해놓고 밥값은 해야지. 나무를 많이 해놓으면 뒷사람들에게 도움이 되지 않겠느냐'고 하셨지요. 노장님은 천년만년 살 것처럼 나무를 틈나는 대로 쌓아놓고는 또 미련 없이 암자를 떠나버리곤 했습니다. 나무를 하는 데는 원칙이 있었지요. 암자에서 먼 곳부터 하라고 시켰습니다. 그래야 뒷사람들이 가까운 곳에서 쉽게 나무를 하니까요."

정견스님이 갑자기 쓸쓸한 표정을 짓는다.

"사람마다 달라요. 뒷사람을 위해 양식과 땔나무를 쌓아놓고 가는 사람이 있는가 하면 자기가 쓴 것만 채워놓고 가는 사람이 있고, 뒷사람이 오건 말건 그냥 가버리는 사람도 있어요. 오죽하면 옛 스님들이 도 닦지 말고 사람 되라고 했겠습니까?"

세상 어디에서나 볼 수 있는 사람들의 뒷모습이다. 도인은 뒷사람을 위해 살고 중생 즉 보통사람들은 자기를 위해 사는 사람이라는 말 같은데 나는 무엇인지 가슴이 뜨끔해진다.

"스님께서는 혜암스님의 어떤 모습이 가장 기억에 남습니까?"

"노장님이 승려대회에서 호령하시는 모습도 아닙니다. 해인사 큰법당에서 사자후를 토하시는 모습도 아닙니다. 한밤중에 홀로 정진하는 노장님이 내 마음속의 노장님입니다. 출가해서 계를 받은 지 얼마 되지 않았을 때입니다. 암자에서 노장님과 한방을 쓰던 때입니다. 좁은 방을 이리저리 헤매고 자다가 소변이 마려워서 새벽에 일어났는데, 노장님께서 앉은 채 정진을 하고 계셨어요. 화두일념, 그게 딱 보였어요. 그때 노장님 모습은 밤하늘에 반짝이는 별 같았습니다. 수좌의 생명은 정진이지요. 그게 없으면 수좌라고 할 수 없어요."

부처님 말씀이 떠오른다. 어느 정사에서 잠에 곯아떨어진 제자들을 향해 '별은 단잠을 즐기라고 반짝이는 것이 아니다'라고 쉼 없는 정진을 당부하셨던 것이다.

"혜암스님께서 입적하셨을 때 충격이 컸겠습니다."

"그때 저는 칠불선원에서 정진하고 있었습니다. 칠불선원에 방부를 들인 지 3일 만이었어요. 꿈속에서 노장님이 나타나 빨리 오라고 하는 거예요. 꿈속이지만 그냥 갈 수 없었어요. 노장님께 뭐라도 드리고 싶은 마음에 칠불의 약수라도 떠가려 했는데 흙탕물이 나와 애를 태웠지요. 그러다가 꿈을 깼는데, 노장님께서 입적하셨다는 연락이 왔습니다. 흙탕물이 나온 것은 노장님께 더 해드릴 무엇이 없는 저와의 인연이 다했다는 뜻이지 않나 싶어요."

나는 문득 도솔암에 남아 정진하고 싶은 충동이 일어 "스님, 저도 도솔암에서 정진할 수 없습니까?" 하고 물었지만 정견스님이 나에게 양해를 구한다.

"미안합니다. 여러 대중이 정진하기에는 식수도 그렇고 방사도

마땅치가 않습니다. 이곳에 전기만 들어와도 난방이 해결되니까 재가신도 몇 명은 받을 수 있을 겁니다. 어쨌든 승속을 떠나 참선공부는 사람을 새로 태어나게 하는 데 매력이 있는 것 같습니다. 단식 용맹정진을 마치고 백장암에 갔더니, 어디서 왔냐면서 마치 다른 세상에서 온 사람 같다고 하더군요. 참선을 통해서 심신이 맑아졌던 것이지요."

"혜암스님 말씀 중에 지금도 기억에 남는 것이 있는지요?"

"노장님께서 늘 하시는 말씀이지만 '공부하다 죽어라'가 절절하고 새롭습니다. 특별하게 애를 쓰고 정진한 분의 말씀이라 늘 가슴에 와 닿는 것 같습니다."

그렇다. 같은 말이라 하더라도 수행력에 따라 다를 것이다. 보통사람들의 말이 100볼트의 전압이라면 혜암스님의 말씀은 듣는 즉시 감전해버리는 몇만 볼트의 고압일 터이다. 경전을 통해서 부처님이 제자를 만나는 장면을 보면 알 수 있다. 평생을 수행해도 깨달음에 이르기 힘들 텐데 부처님에게 몇 마디의 설법을 들은 제자들은 하나같이 그 자리에서 깨달음을 얻었던 것이다. 우리가 하는 말로 하자면 거죽만 변화하는 물리적 변화가 아니라 영육靈肉의 분자구조가 바뀌는 사고의 대반전, 즉 화학적 반응이 홀연히 이루어졌던 것이다.

지리산이 받들고 있는 허공이 문득 거대한 일원상一圓相으로 보

인다. 일원상 같은 속에서 새떼가 점점이 날고 있다. 마치 마조선사
와 경산선사의 선문답이 허공에 그려지고 있는 듯하다.

# 연꽃을 보고
## 자비로써 중생을 보살펴라

그동안 혜암스님이 정진하셨던 지리산 암자 중에서 상무주암, 문수암, 도솔암을 가보았다. 남원의 백장암과 하동의 칠불암을 아직 가보지 못한 셈이다. 물론 나는 백장암과 칠불암을 여러 번 순례한 바 있다. 이번에는 칠불암을 가지 않고 마침 3년 전에 써둔 원고가 있어 그곳의 정경이 아직도 생생하므로 그 글로 대신하려고 한다. 지금은 칠불암의 규모가 커져 칠불사라고 부르는데, 혜암스님이 칠불암 선방에서 20여 명의 선객들을 지도하며 정진하던 인연은 스님의 나이 55세 때의 일이었다.

　이미 써둔「제사는 정성으로 지낸다」라는 제목의 글을 보니 계절은 봄이지만, 내가 존경하는 현묵스님이 등장하고 있는 데다, 현묵스님 역시 혜암스님이 중수하셨던 운상선원에서 정진하였으므로 소개할 만한 가치가 있다고 느껴진다. 특히 수행을 오래 하다 보면 '눈 속의 눈'이 생겨 신통神通이 생기는데, 그 능력을 헛된 곳에 쓰지 않고 보통사람들의 마음을 치유하는 데 쓰는 것도 수행자의 자비라는 생각이 든다. 이번 글은 한때 전생의 영가를 보았다는 현묵스님의 경험담과 운상선원에서 문수보살을 만난 혜암스님의 종교적 체험을 소개하는 것으로 마감하고자 한다.


## 제사란 산 자가 죽은 자에게 바치는 정성의 의식이다

전설이 있는 절은 삭막하지가 않다. 전설은 사람들에게 불심을 싹틔워주기도 한다. 지리산 토끼봉에 자리한 칠불사의 창건 전설도 마찬가지다. 101년에 가락국 일곱 왕자가 암자를 짓고 수행하다가 103년 8월 보름날에 성불했다는 것이 전설의 줄거리다. 일곱 왕자를 성불시킨 보옥선사는 거문고의 명인이었으며, 신라 경덕왕 때는 옥보고가 입산해 50년간 30곡의 거문고곡을 지었다고 전해진다.

칠불사의 중심은 아자방亞字房이다. 운공선사가 축조했다고 하며 세계건축대사전에 기록되어 있을 만큼 독특한 구조의 선방이다. 언젠가 취재차 가서 뒷문으로 몰래 들어가 방을 엿본 적이 있는데 정사각형에 가까운 넉넉한 느낌의 건물이다. 서산대사를 비롯해 수많은 고승이 거쳐 간 선방으로 유명한데, 현재는 유리문을 통해 일반인들에게 공개하고 있다.

가락국 일곱 왕자가 암자를 짓고 모두 성불했다는 전설의 칠불사

아자방의 온돌도 이야깃거리다. 신라 때 금관가야에서 온 구들도사 담공선사가 만든 온돌로써 한 번 불을 들이면 49일 동안 온기가 가시지 않는다고 한다. 아자방 온돌에도 동자승에 얽힌 전설이 하나 있지만 오늘은 송광사 선원장 현묵스님이 전해준 얘기만 하려고 한다.

칠불사 운상선원에서 정진하셨던 현묵스님의 경험담인데, 나는 스님의 말씀을 듣고 제사를 지내는 내 마음가짐을 바꾼 바 있다. 조선시대 때 선비 김장생이 '제사는 정성으로 지낸다'고 말한 바도 있다. 해제 철이 되어 스님들이 다 만행을 떠나고 현묵스님 혼자서 칠불사 운상선원을 지키고 있던 어느 날이었다. 진주 출신인 법당보살이 급히 현묵스님을 찾아와 말했다.

"스님, 일가 되는 분 가족이 절에 와 있는데 한번 만나주시겠습니까? 진주에 사는 교장선생님 가족입니다."

보살이 절로 내려가는 도중에 자초지종을 얘기했다. 아침에 대학 다니는 교장의 딸이 갑자기 꿈에 할아버지를 보았다고 하면서 할아버지 목소리로 변해 아버지에게 호통을 쳤다는 것이다. 평소 이루지 못할 사랑 때문에 심신이 몹시 허약해진 딸이었는데 더욱 이상하고 실성한 것 같다고 했다.

고민하던 끝에 독실한 불자인 교장은 세 군데 절을 들러 기도하면 딸의 마음이 좀 편해질까 싶어 아내와 함께 서둘러 집을 나섰다.

친척이 법당보살이 되어 절에 살고 있는 칠불사에는 진주의 어느 절과 쌍계사에 이어 세 번째로 들른 셈이었다.

현묵스님은 교장의 딸을 보자마자 가까이 오게 했다. 그러자 멀쩡하게 생긴 딸이 스님에게 합장하더니 공손하게 말했다.

"스님, 공부하시는 데 폐를 끼쳐 죄송합니다."

현묵스님은 선승으로서 처음 겪는 일이었지만 호기심이 나서 물었다.

"할아버지를 꿈에 보았느냐?"

"네."

"지금 할아버지를 다시 만날 수 있느냐?"

고개를 끄덕인 딸이 머리를 천천히 세 번 돌렸다. 그러자 딸의 음성이 할아버지 목소리로 변했고, 아버지를 보더니 또다시 호통을 쳤다.

"상일아, 네 이놈! 제사도 안 지내고 성묘도 안 하다니!"

상일은 아버지의 이름이었다. 교장이 딸의 호통에 쩔쩔맸다. 스님은 교장에게 딸의 몸에 할아버지 혼이 들어온 듯하니 '아버지 잘못했습니다' 하고 빌게 했다. 그러고 나서 교장에게 야단을 맞는 이유가 뭐냐고 물으니 '아버지 제사'를 지내지 않게 된 사연을 고백했다.

아내가 교회를 다니면서 제사 지내는 것을 꺼려하여 어머니 제사를 지내는 약국 동생 부부에게 명절과 기일에 10만 원씩을 보내기로 하고 아버지 제사까지 맡겨버렸다는 것이다. 얘기를 듣고 난 스님이 교장의 아내에게 말했다.

"보살님 때문에 이런 일이 생겼습니다. 어서 용서를 빌고 제사를 다시 지내겠다고 말씀하세요."

교장의 아내는 정신이 이상해진 딸이 정상으로 돌아올까 싶어 스님이 시키는 대로 했다.

"아버님 죄송합니다. 제사 지내겠습니다. 용서하세요."

그제야 스님은 교장의 딸에게 할아버지를 다시 불러달라고 했다. 그런데 마침 문수전에서 사미승이 예불을 드리려고 목탁을 치며 「천수경」을 외고 있었다. 할아버지의 혼과 접신하려던 교장의 딸이 목탁소리와 「천수경」 때문에 혼이 들어오지 않는다고 장애를 호소했다. 현묵스님은 목탁소리와 「천수경」 외는 염불소리가 들리지 않는 방으로 가서 교장의 딸에게 할아버지를 불러달라고 부탁한 뒤 말했다.

"앞으로는 제사 잘 지낸다고 하니 손녀 몸에 들어오지 마시고 잘 가시오."

교장의 딸이 또 할아버지 목소리로 말했다.

"안 오겠소. 난들 손녀를 괴롭히고 싶겠소."

법당보살이 포도즙을 내왔다. 다들 마시는데 딸은 붉은색이라 그런지 마시지 않았다. 붉은 빛깔을 싫어하는 할아버지 혼이 딸의 몸

세계건축대사전에 기록될 만큼 독특한 온돌구조를 가진 아자방 선방 내부

속에서 아직 빠져나가기 전이기 때문이었다. 잠시 후 정신이 든 교장의 딸이 아버지와 어머니에게 사과하면서 몸이 약해지면 할아버지 혼이 자신을 찾는다고 말했다. 선승의 길만 걸어왔기에 염불이나 기도, 재 등은 경원시해왔던 현묵스님도 교장 부부에게 감사의 말을 했다.

"저도 귀신이 목탁소리와 「천수경」 외는 소리, 그리고 붉은색을 싫어하는 줄 오늘 처음 알았습니다. 천도재를 지내주면 딸의 건강에도 좋을 것 같으니 아무 절에서라도 지내주십시오."

칠불사에 아침 일찍 잘 왔다는 생각이 든다. 하늘은 푸르고 목련이 흐드러지게 피어 있다. 이런 날 하필이면 제사 이야기를 떠올리느냐고 의아해할 분이 있을지 모르겠다. 그러나 들은 얘기도 글로 남기지 않으면 사라지고 마는 법이다. 기억한다 해도 굴절이 되고 만다. 정확하게 남기기 위해서 현묵스님의 제사 얘기를 했으니 양해를 바랄 뿐이다. 믿든지, 믿지 않든지 그것은 글을 읽는 독자 분들의 몫이라고 생각하고, 어떻게 받아들이든 나는 독자 분들의 의견을 존중하려고 한다.

경내를 한 바퀴 돌면서 내려서는데 까마귀 한 마리가 나타나 갑자기 발걸음을 붙잡는다. 큰 소리로 우짖는다. 나는 문득 '까마귀 소리를 듣는 나는 누구인가?' 하고 물으며 찻잎의 신록이 번져가는 화개 골짜기에 눈길을 던진다.


## 뾰족한 마음을 금강검으로 베어내라

쉰셋에 남해 호구산 염불암으로 들어간 혜암스님은 출가 후 처음
으로 회상을 열어 운수납자들을 지도했고, 쉰네 살 때는 해인사에
서 하안거를 마친 다음 태백산 각화사 동암으로 올라가 2년 동안
현우, 현기 수좌 등과 함께 두문불출 용맹정진을 했다.

　이후 1975년 겨울에는 송광사 선방에서 동안거를 나고 이듬해에
는 지리산 백장암을 거쳐 칠불암에서 하안거와 동안거를 났는데, 이
때 함께 정진한 대중은 현우, 활안, 성우, 현기, 인각, 원융 등 20여
명이었다.

　칠불암 운상선원에서는 특히 중국 백장선사의 '하루 일하지 않
으면 하루 먹지 말라(一日不作 一日不食)'는 청규를 철저히 지켰다.
혜암스님은 모든 대중에게 지게를 하나씩 지급하여 낮에는 울력을
하고 밤에는 공부를 하도록 했다. 대중들은 외부에서 공양물이나
보시 정재淨財가 들어오면 쌍계사 입구까지 내려가 하루에도 몇 번
씩 지게질을 했다. 비바람이 부는 날에도 예외 없이 지게를 지고 오
르내렸다.

그해 겨울, 대중이 칠불암 운상선원을 중수하고 있을 때 혜암스님은 먼지 속에서 홀연히 나타난 백의 노승을 만났다. 노승은 혜암스님에게 다음과 같은 게송을 전해주었다.

때 묻은 뾰족한 마음을 금강검으로 베어내서
연꽃을 보고 자비로써 중생을 보살피며 제도하라.
塵凸心金剛劚
照見蓮攝顧悲

그런 뒤 백의 노승은 혜암스님에게 '취모검을 들지어다(拈起吹毛劍)'라는 말을 남기고 사라졌다. 이와 같은 혜암스님의 종교적 체험을 한 상좌는 다음과 같이 해석했다.

"칠불 운상선원에서 종교적 체험을 하셨던 겁니다. 백의 노승의 게송 중에 '중생을 섭화해 보살피라'는 부분은 하화중생의 시절인연이 도래했음을 보여준 것이라고 생각해요."

상좌의 해석이 맞을지도 모르겠다. 스님은 이미 남해 염불암에서부터 모여든 대중을 위해 회상會上을 열었으니 말이다. 회상이란 청규에 따라 공부하는 안거安居와 다르다. 회상은 강제성을 띤 안거와 달리 대중이 선지식의 가르침을 듣기 위해 높은 산에 구름이 머물 듯 자발적으로 모여들어 형성된 법석法席인 것이다. 아무튼 남해 호구산 염불암 시절 이후부터는 혜암스님이 가는 데는 수십 명의 선객들이 자연스럽게 모여들어 회상이 이루어지곤 했다.

# 제4장

# 태백산

## 동암(금봉암)

동암에서 보이는 태백산은 얌전하다.
기암괴석이 눈앞에 펼쳐지는 설악산처럼 현란함이 없다.
장엄한 능선들이 파도치는 지리산 같은 유장함도 없다.
그래서일까? 동암에서는 마음이 저절로 고요해진다.

# 공부하는 사람들은
# 가난부터 배워라


## '공부귀신'이 되어야지 '음식귀신'이 되어서는 안 된다

태백산에는 선객들이 최고의 수행처로 꼽는 각화사 동암과 홍제사 도솔암이 있다. 동암 하면 떠오르는 인물이 혜암스님이고, 도솔암 하면 일타스님이다. 혜암스님과 일타스님의 우정은 각별했다. 두 분은 법으로 만난 진정한 도반이었던 것이다. 지난달에 지리산 상무주암을 갔을 때 만난 현기스님의 동암에 대한 추억이다.

"1970년대 중반이었을 겁니다. 혜암스님을 모시고 살았습니다. 큰스님은 깔끔한 분이셨지요. 신도들을 좋아했고, 신도들도 스님을 따랐습니다. 신도들이 오면 큰방에 들게 해서 밤새 법문을 했습니다. 사실 뒷방으로 물러난 우리 후배들은 불편했습니다. 하지만 큰스님은 우리가 수행을 잘할 수 있는 것은 신도들이 뒷바라지를 하기 때문이라고 말씀했습니다. 지금 생각해보면 큰스님은 경제를

태백산 각화사 동암(금봉암) 가는 산길

아셨던 것 같습니다."

현기스님은 내가 모르는 사실도 알려주었다. 선객들은 동암을 금봉암이라고도 불렀다고 얘기했다.

"각화사 서암에서 동암을 보면 봉황이 알을 품고 있는 것처럼 보입니다. 산자락이 봉황이고 암자가 그 알처럼 보이지요. 금봉이란 도를 깨친 것을 상징합니다. 저녁 햇빛이 비치는 아름다운 동암을 보노라면 옛 도인들이 자리를 참 잘 잡았구나 하는 생각이 절로 들지요. 허나 지금은 불사를 하면서 암자 위치를 바꾸어 그윽한 맛이 없습니다. 아쉬운 일입니다."

동암을 오르려면 각화사 법당 오른편으로 난 산길을 따라 가다 개울을 건너야 한다. 법당 뒤편 산길은 그늘진 음지여서 겨울에는 늘 얼음이 얼어 있는 곳이다. 정신을 바짝 차리지 않으면 넘어질 수 있으니 긴장해야 하는 산길이다. 개울을 건너서 오르는 산길은 가파른 편은 아니다. 산들바람의 속도로 쉬엄쉬엄 오르기에 안성맞춤인 산길이다.

혜암스님이 동암을 마음의 고향으로 여기며 살았던 까닭이 있다. 스님은 1955년 36세에 동암에 들어 2년간 두문불출하며 용맹정진한 끝에 일여一如의 경지를 체득하였다고 한다. 그 경지를 쉽게 말하면 진리에 대한 확고부동한 마음, 즉 '흔들리지 않는 마음'이라고 할 수 있다. 그런 경지가 되면 헛된 잡념이 발을 붙이지 못한다. 참선 공부의 경우만 해당되는 것이 아니다. 나 역시 장편소설을 집필할 때 그런 일여의 경지를 체험할 때가 많다. 밥을 먹을 것도, 화장실에 갈 것도 잊어버리고 하루가 몰록 지나가버릴 때가 있는 것이다. 하는 일이 무엇이든 간에 자신의 한 생각에 몰입되어 지속할 때 성취가 크지 않을까 싶다.

맹자는 그런 마음을 부동심不動心이라고 했다. 선객들이 흔히 득력得力이라고 말하는 것이다. 혜암스님도 동암에서 체득한 득력이 없었다면 오대산 사고암에서의 대오大悟도 없었을 것이다. 사고암에서 넉 달 동안 자신 있게 확신을 가지고 정진한 끝에 심안心眼이 열렸던 까닭이다.

혜암스님이 동암을 두 번째로 올랐던 때는 1975년 56세가 되던 해 가을이었다. 역시 2년 동안 동구불출洞口不出할 것을 현우, 현기 등과 각오하고 용맹정진에 들어갔던 것이다. 혜암스님이 56세 때는 이미 많은 출재가자들이 스님을 따르고 법문을 청하던 시기였다. 스님이 어디를 가든 신도들은 그곳까지 따라와 법문을 들었다. 그러니 함께 정진했던 젊은 스님들은 조금은 불편했을 수도 있었다. 신도들이 오면 큰방에서 법문을 하니 골방으로 밀려날 수밖에 없었기 때문이다.

해인사 강원에서 공부하던 스님의 한 상좌도 방학을 하면 동암을 찾아가 인사를 드렸다. 그 상좌스님의 얘기를 들어보면 당시 동암

가는 길이 얼마나 험했는지 또 암자의 분위기가 어떠했는지 짐작이 간다. 먼 옛날 얘기 같지만 놀랍게도 70년대 중반의 사연이다.

"스님에게 인사를 가는 게 너무 힘들었어요. 대구에서 봉화, 영주가 엄청 먼 거리거든요. 당시 해인사에서 대구까지 나가는 데 네 시간 반 걸렸습니다. 거기서 또 영주 가려면 차편이 마땅치 않아서 김천까지 나가 봉화 가는 버스를 갈아타야 했어요. 춘양부터는 걷는 수밖에 없고요. 지금 무여스님이 살고 계신 축서사를 지나 산길을 돌고 돌아야 했지요. 한번은 각화사에 도착하니 캄캄한 밤이었어요. 그런데 무슨 생각이 들었는지 각화사 주지스님이 자고 가라고 만류하는데도 촛불을 켜들고 호랑이가 어슬렁거린다는 동암으로 혼자 올라갔습니다."

상좌가 동암에 도착한 것은 밤 열한 시쯤이었다. 그때까지도 혜암스님을 비롯해 네다섯 명의 수좌들은 큰방에서 가부좌를 튼 채 정진하고 있었다. 상좌는 문득 허기를 느꼈다. 촛불을 들고 산길을 걸을 때는 오직 은사스님만 생각했는데, 마침내 스님을 뵙게 되자 비로소 배가 고팠던 것이다.

식당에 들어가도 먹을 만한 게 없으니 배가 고플 수밖에 없었다. 오신채가 든 음식을 먹지 못하던 때였다. 한번은 자장면이 생각나 중국집에 들어갔다가 주인에게 이것 빼라 저것 빼라 간섭하다 쫓겨난 적도 있었던 것이다.

상좌는 대중 정진이 끝날 때까지 마당에서 기다렸다. 혜암스님이 죽비를 치자 그제야 수좌들이 가부좌를 풀고 밖으로 나왔다. 상좌는 혜암스님에게 합장하며 고개를 숙였다. 그러나 혜암스님은 말없이 화장실로 가버렸다. 한 수좌스님이 상좌를 보더니 부엌으로 들어가 석유곤로를 켜고 밀가루 반죽을 만들었다. 이북에서 내려와 출가한 현우스님이었다.

"현우스님은 세상에 나타나지 않은 도인입니다. 상을 내지 않는 훌륭한 도인이신데, 그때 저에게 수제비를 끓여주셨지요. 점심 이후엔 아무것도 드시지 않는 우리 스님은 그걸 모른 체하시는 것 같았어요."

배고픈 상좌에게 수제비를 끓여주는 자애로운 현우스님이 상좌의 눈에는 도인이 아니라 부처님처럼 보일 만도 했을 터이다. 상좌는 정신없이 수제비를 먹었다. 큰 냄비에 가득 찬 수제비를 단숨에 다 먹어치웠다. 하루 종일 쫄쫄 굶었던 터라 자신도 모르게 과식을 했다. 피곤한 데다 과식까지 하니 몸이 천근처럼 가라앉는 것 같았다. 결국 이튿날 몸에 두드러기가 났다. 한꺼번에 너무 많은 수제비를 먹은 탓이었다. 한 수좌스님이 민간요법을 썼다. 온몸에 물푸레나무를 태운 재를 발라주었다. 혜암스님이 상좌의 볼록한 배를 보더니 '저 음식귀신 봐라. 저 귀신!' 하고는 혀를 찼다.

혜암스님의 가풍은 밥을 적게 먹는 것이었다. 스님 스스로도 평

생 일일일식一日一食만 했다. 그러니 젊은 학인들은 스님에게 '음식귀신'이란 소리를 들을 수밖에 없었다. 그리고 또 하나의 고역이 있다면 혜암스님이 밤새 장좌불와를 하기 때문에 잠자는 것이 불편하다는 점이었다. 혜암스님에게는 낮과 밤이 없었다. 낮에는 나무나 길 닦는 정비 등 일을 하게 시키고 밤에는 참선 공부만 하는 '공부귀신'이 되어야 했다.

## 진정한 공부는 나의 주인을 찾는 공부다

동암 대중들은 신도가 오면 신도와 함께 밤새 스님의 설법을 들어야 했다. 그런데 이상한 것은 막 졸렸다가도 스님 설법이 시작되면 잠이 달아나고 신심도 솟구친다는 점이었다.

오대산 한암스님 밑에서 살 때를 회고해보면 정말 꿈속의 일 같습니다. 사람(화전민)이 짐승같이 생활하고 있어요. 나무를 베어 가지고 움막에 흙을 바르고 사는데, 흙도 많이 붙이질 않고 나무 틈새만 막고 살아요. 흙이 떨어진 곳은 헝겊이나 솜 부스러기로 막아놓고 사는데, 마치 돼지 굴속처럼 생겼어요.
아, 애들이고 어른이고 할 것 없이 신발 없이 맨발로 다니고, 밥을 굶어 얼굴이 하얗게 떠 있어요. 배가 딱 불러 가지고 불쌍해요. 그래도 그런 생활에 익숙하니 탈이 안 납디다. 근데 나는 그런 불편하고 살기 힘든 산중에서 공부가 더 잘돼요. 나도 똑같이 밥도 안 먹고 넉 달을 살아봤어요. 그때 나는 한 끼를 생잣잎에다 콩을 열 개나 일곱 개 먹었어요. 숫자를 세어 정확하게 먹었어요. 삼동에는 잣나무 가지를 분질러서 방에 두고 씹어 먹으며 물을 마셨지요.

나는 공부하는 사람이니까 시험을 한번 해본 것이지요. 누가 양식을 가져와도 안 받고 쌀밥, 보리밥은 한 끼도 안 먹고 넉 달을 사는데 몸이 날아갈 것 같데요. 목에 칼이 들어와도 무섭지 않을 것 같고 정신만 남아 몸뚱이가 없는 것 같아요.

봄이 돌아와 무슨 씨앗인가를 심으려고 괭이질을 하는데 마음과 달리 허리가 뚝 끊어지려고 해요. 그래, 아픈 허리 나으려고 민가로 찾아가서 쌀 한 홉을 얻어와 갈아서 국물처럼 마시니까 언제 아팠냐는 듯 나아버려요.

얼마나 그때는 춥던지, 아침에 방을 나오면 사람 키보다 눈이 많이 와 있어요. 눈도 오고 바람도 불지만 누구에게 옷을 달라 할 수도 없고, 눈에 산길이 막혀 오갈 수도 없었지요. 그러니 공부가 안 될 수가 없어요. 내가 도 닦으러 왔지 잘 먹으러 왔냐는 생각이 드니 더 잘 돼요. 그냥 기쁜 생각만 나고 고생스럽다는 생각은 저절로 없어져버려요.

혜암스님이 선객들을 지도했던 태백산 각화사 동암

옛날 스님네들은 다 이런 고생을 하는 가운데 도를 닦아서 도인이 됐는데, 나 역시 도 닦으러 온 사람이 어찌 이런 어려움을 이겨내지 못하랴 싶어 그냥 용맹심이 나옵니다. 도 닦으려고 왔다는 생각 하나만 내면 바로 마음이 편안해지고 바로 용맹심이 나와요.

얼마 되지 않은 일인데 몇백 년 전 옛날이야기 같잖아요. 내가 조금이라도 보탠 이야기가 아닙니다. 한 번쯤 들어볼 만한 이야기 같지 않습니까?

부처님 말씀에 수행하는 사람들은 가난부터 배우라고 했습니다. 상삼常三이 부족해야 한다고 했어요. 세 가지가 항상 부족해야 한다, 이 말이에요. 집과 옷, 먹을 것이 부족해야 공부하고 싶은 마음이 난다는 거예요. 그러니까 공부하는 사람은 가난을 원망해서는 안 돼요. 공부하다가 안 되면 고생을 사서라도 공부환경을 만들어야 해요.

그런데 이것과 반대되는 이야기가 있어요. 신심 있는 보살이 어떤 스님을 공부시키려고 집을 지어준 다음 아주 영양가 있는 맛난 음식을 날마다 해주었어요. 아무것도 하지 말고 오직 공부만 하라고 넣어주었던 거지요. 그런데도 스님은 공부가 안 돼요. 방 안이나 주위에 공부를 방해하는 것이 하나도 없는데 말이에요.

그렇게 1년, 2년, 3년이 지나고 난 뒤에야 방 안의 스님은 꾀를 냈대요. 도인이 되라고 방 안에 화장실도 만들어주고 끼니마다 밥을 넣어주었건만 공부가 안 되니 그런 것이지요. 어느 날 보살이 밥을 가지고 오자 스님은 "야, 이년아, 한번 보듬고 자자." 이렇게 소리를 질렀대요. 보살이 그 일을 처사에게 일러바쳤지요. 처사가 마누라 얘기를 듣고는 당장 스님을 내쫓았는데, 스님은 좋다고 춤을 추면서 나왔다는 얘깁니다.

이 공부는 이상해요. 그냥 가만히 있다고 되질 않아요. 이 마음이 참 이상한 놈입니다. 옛날 사람들도 애를 쓰고 몸부림을 치면서 이 공부를 했어요.

혜암스님의 법문은 자신이 사고암에서 용맹정진했던 경험담인데, 동암 대중이나 신도들에게는 '아, 나도 저렇게 공부하면 도를 얻겠구나' 하고 마음을 다져주는 신심 나는 얘기였다. 그렇게 해서 깨달음을 얻은 혜암스님이기 때문에 증언을 듣는 것이나 다름없었다. 보살이 스님을 시봉하며 공부하는 얘기는 시사하는 바가 크다. 요즘 무문관이란 1인 선방이 유행인데, 의식주를 지원해주는 대신 공부만 하라는 감옥 같은 곳이다. 그런 곳에서 공부가 된다면 다행이지만 '가난하지 않으면 도가 성글다'는 옛 스님들의 고언을 새겨볼 필요가 있다.

동암에 올라보니 저절로 숨이 골라진다. 마음이 편안해진다. 건물이 커지고 모습이 많이 변해 예전의 고즈넉한 모습은 사라졌지만 그래도 고요한 기운이 여전하다. 동암에서 보이는 태백산은 얌전하다. 기암괴석이 눈앞에 펼쳐지는 설악산처럼 현란함이 없다. 장엄한 능선들이 파도치는 지리산 같은 유장함도 없다. 그래서일까? 동암에서는 마음이 저절로 고요해진다. 나와 같은 보통사람도 흙탕물이 맑은 물로 바뀌듯 온갖 잡념이 사라져버린다.

　나는 풍수를 별로 좋아하지 않는 사람이다. 터 덕을 보려고 명당만 집착하는 사람들에게 '사람이 터에게 덕을 주어야지 왜 터 덕을 보려고 하느냐?'고 타박을 준 적이 많다. 그러나 혜암스님이 왜 동암에 애정을 갖고 정진하셨는지 이해가 간다. 동암에 올라보니 산을 내려가고 싶지 않다. 더 나이 들기 전에 내가 누구인지 진지하게 본래의 나를 한번 만나보고 싶다. 경봉스님은 찾아오는 사람들에게 항상 '주인 찾는 공부'를 하라며 다음과 같이 말씀했다.

　"남의 집에서 하룻밤을 자더라도 주인이 누구인지 찾는데 평생이 몸을 끌고 다니는 주인을 왜 찾지 않느냐?"

　동암에서 보이는 산자락들은 벌써 초겨울이다. 따사한 햇살은 아직 가을이지만 쌀쌀한 바람은 이미 초겨울의 것이다. 동암은 이미 깊은 침묵에 빠져 있다. 지혜는 침묵으로 걸러진다고 했다.

# 제5장

# 영축산

## 극락암

산꽃 웃는 것과 새 우짖는 소리에 법문이 다 들어 있다.
안개는 새벽하늘에 피어오르고 비는 청산을 지나가나니
모든 만물이 비로자나부처님이요, 온갖 것이 그대로 연화장세계로다!

# 공부에 진취가 없거든
# 다리를 뻗고 울어라


혜암스님이 흠모했던 스님들 중에서 두 분을 꼽으라 한다면 단연 경봉스님과 성철스님일 것이다. 효봉스님, 서옹스님, 향곡스님, 전 강스님이 회상에서 정진한 적이 있지만 두 분의 고승은 참으로 인 연이 깊은 스님이라고 알려져 있다.


## 성철스님과 한겨울에 천제굴의 구들장을 파놓고 정진하다


혜암스님이 성철스님을 만난 때는 해인사로 출가한 다음 해 가을 이었다. 27세에 출가했으니 28세에 성철스님과 첫 인연을 맺은 셈 이었다. 내가 쓴 『가야산 정진불』을 인용해서 그 무렵으로 돌아가 보자면 당시의 풍경은 이러했을 터이다.

성철은 큰 삿갓을 쓰고 지팡이에 둥근 고리가 여섯 개 달린 육환장을 짚고 해인사에 나타났다. 당당하게 걸어오는 성철의 모습은 막 계를 받은 혜암의 마음을 사로잡기에 충분했다. 대중들도 여기저기서 수군거렸다.

"장좌불와 하는 철 수좌가 왔다!"

성철이 해인사에 온 까닭은 서울의 김병용 거사가 기증한 경판들을 실어가기 위해서였다. 신수대장경과 선종사서는 서울에서 바로 봉암사로 갔는데, 대나무 경판은 청담의 주선으로 해인사 장경각에 임시로 보관해왔던 것이다.

나는 이와 같은 이야기를 혜암스님으로부터 직접 들은 적이 있다.

"해인총림이 가야총림이던 시절이었으니까 내가 계를 받은 지 얼마 지나지 않아서였어요. 성철스님께서는 그때 육환장을 짚고 큰 삿갓을 쓴 모습으로 오셨는데, 다른 스님과는 좀 별다른 차림이었어요. 그래서 저 스님이 누구냐고 물으니, 철 수좌인데 장좌불와를 하신다고 그래요. 그래서 아, 저런 스님 같으면 나도 따라가야지, 하고 며칠을 살펴봤지요. 철 스님이 언제 떠나느냐고 제가 자꾸 물으니까 한 스님이 대답하길 장경각에 맡겨둔 경판들을 모셔가려고 오셨다 그러더군요."

과연 며칠 뒤 해인사 경내까지 화물차 한 대가 들어오더니 스님 몇 분이 장경각으로 올라가 대나무 경판들을 궤짝에 넣기 시작했다. 혜암은 은사 인곡에게 달려가 인사를 했다.

"스님, 성철스님을 따라가겠습니다."

"어디로 가느냐?"

"모르겠습니다. 하지만 장좌불와를 하는 철 스님이라고 하니까 저하고 통하는 게 있을 것 같습니다."

"떠나거라. 철 스님에게 의지해 공부하거라."

경판이 든 궤짝을 실은 화물차는 날이 어둑어둑해서야 해인사를 떠나기 위해 시동을 걸었다. 성철과 우봉은 운전사 옆자리에 앉았고, 보안은 경판이 든 궤짝을 보호하기 위해 화물차 뒤에 올라탔다. 혜암은 그때를 놓치지 않았다.

"아이고, 잘됐다!"

화물차 뒤에 올라탄 혜암은 보안 옆에 자리를 잡았다. 보안은 혜암이 성철에게 허락을 받은 줄 알고 제지하지 않았다.

"스님, 이것들을 어디로 가져갑니까?"

"아니, 그것도 모르고 차를 탔습니까?"

"모르니까 묻는 거 아닙니까?"

"봉암사로 갑니다."

"지금이라도 늦지 않았으니 화물차가 쉴 때를 기다렸다가 성철스님에게 허락을 받으시오. 그렇지 않으면 불벼락이 떨어질 것이오."

"공부에 관한 한 저는 지금까지 누구에게 허락을 받아본 일이 없습니다. 제가 결심하면 그만이지요. 지금도 마찬가지입니다. 저도 장좌불와를 하고 성철스님도 장좌불와를 하시니 가는 길이 같은 것 아닙니까?"

"성철스님이 봉암사로 가시는 것은 단순히 동안거 한 철을 나고 자 함이 아니라 뜻이 맞는 전국의 도반을 모아 결사를 하기 위해섭 니다."

나는 이 부분에서, 남에게 허락받지 않고 행동하는 혜암스님의 강직한 태도가 마음에 든다. 공감이 간다. 참선 공부든 무슨 공부든 간에 스스로 결정하고 강하게 밀고 나갈 때 어떤 결과가 생기는 것 이지 타의에 의한 선택은 추동력이 없는 것이다. 고통이라도 내가 선택한 것이라면 고통스럽지 않다는 말이 있다. 고통을 감수하는 힘이 생기니까 그럴 수밖에 없다. 능동과 수동의 중간쯤 되는 자의 반 타의반이란 말도 있지만 그것도 선사들이 취할 태도는 아니다. 임제선사가 말했지만 서는 곳마다 주인공이 되고 진리의 땅이 되 게 하는 삶이 참다운 인생인 것이다.

화물차는 동이 틀 무렵에야 대구역에 도착했다. 경판이 든 궤짝 들을 대구역에서 점촌역으로 실어 보낸 다음 봉암사로 옮기기 위 해서였다. 화물차에서 내리자마자 혜암은 성철에게 다가가 합장했 다. 성철은 그제야 혜암이 따라온 줄 알고 물었다.

"여기까지 무슨 일로 왔노?"

"갈 곳이 있어 왔습니다."

혜암은 성철이 거절할까 봐 목적지를 얼버무렸다. 그러고는 퇴설당에서 함께 안거를 난 우봉에게 사정했다.

"스님, 저도 점촌역까지 가겠습니다. 그러니 함께 기차를 타게 차표를 끊어주십시오."

우봉은 고개를 끄덕였다. 기차가 출발하기 전에 점심 대용으로 떡까지 사주었다. 성철은 기차를 타고 나서야 혜암에게 눈길을 주었다.

"일본에서 불서를 좀 보았다, 이 말이제."

"『선관책진』이나 고승전집을 보았습니다."

"그런 거 볼 필요 없다. 나도 출가 전에 일본 가서 책도 보고 철학자도 만나보았지만 실제 도움이 되는 게 없는기라. 그래서 돌아와버렸다."

"궁금한 것이 있어 책을 보았습니다."

"깨닫기 전에는 소용없는 일이다. 깨닫는 것을 기본으로 삼아야 된데이."

점촌역에서 내려 봉암사로 걸어갈 때도 이런저런 질문을 했다. 혜암이 봉암사에 도착했을 때 대중은 예닐곱 명밖에 없었다. 우봉, 청안, 보문, 일도, 자운, 보안 등이었다. 청담은 다음 해에 합류했다. 청담이 온 뒤로 봉암사 대중은 더욱 불어났다. 월산, 성수, 종수, 응산, 만성, 보경, 법전 등이 하나둘 모여들었다. 이미 와 있던 비구니 묘엄까지 합해 30여 명으로 늘어났다.

아무튼 봉암사 시절을 인연으로 혜암은 성철과 바늘과 실처럼 지중한 사이가 되었다. 1952년 가을, 6.25전쟁 중이었다. 혜암은 통영 천제굴을 찾아가 성철과 함께 동안거를 났는데, 신도들이 와도 자지 못하도록 인법당 구들장을 파버렸다. 겨울이었지만 불을 땔 수 없게 만들어버렸던 것이다. 그렇게 한 겨울을 장좌불와 하면서 보내는 동안 이심전심의 법연을 맺었다. 성철이 열반한 뒤 혜암이 해인사 방장과 조계종 종정을 물려받은 것은 그때의 인연에서 비롯된 것이었다.


## 통도사 극락암 경봉스님 회상에서 선객들의 큰절을 받다

혜암스님이 성철스님 말고 흠모했던 선사가 또 있으니 그가 바로 경봉스님이다. 나 역시 경봉스님의 가풍을 좋아하여 통도사 극락암을 다니다가 결국 경봉스님 일대기 『야반삼경에 촛불춤을 추어라』를 발간한 적이 있다. 극락암을 지키는, 경봉스님의 효상좌 명정스님과는 지금도 안부를 묻고 찾아가 인사를 드린다.

최근에는 경봉스님 사진집의 출판기념회를 부산 어느 호텔에서 갖는다는 연락을 받았다. 만사를 제쳐놓고 가야 하지만 미리 약속

혜암스님이 경봉스님과 선문답을 나누었던 삼소굴

한 일정과 겹치어 갈 수 없는 형편이다. 더구나 사진집을 편집할 때 편집자가 서울에서 내 산방으로 내려와 편집회의까지 한 바 있어 더욱더 아쉽다. 아직 사진집을 보지 못했지만 나는 연대순으로 사진을 나열하지 말고 바다와 같은 경봉스님의 가풍을 주제별로 나누어 편집하자고 의견을 냈는데 어떻게 편집됐는지 자못 궁금하다.

내가 경봉스님 수행처를 순례하며 쓴 산문집에서 스님의 상좌이자 현 통도사 주지인 원산스님은 추천의 글에서 스님의 가풍을 이렇게 표현한 바 있다.

〈도道를 자재하게 굴리시며 주장자 법문으로 설법도생說法度生하시던 경봉 노사의 생전 모습이 눈에 선하다. 한말韓末에 조선의 선을 중흥시킨 경허스님 이후 우리 노사만큼 자신의 생생한 목소리로 설법하던 선사도 드물었다고 생각된다. 우리 노사께서는 중국의 공안집이나 선가어록을 답습하지 않고 '여기 극락에는 길이 없는데 어떻게 왔는가' 같은 독창적인 화두를 제시했던 바, 노사가 주석했던 삼소굴을 찾아온 수많은 이들에게 인연 따라 마음을 격동시키어 활로活路를 열어주었던 것이다.

노사의 가풍은 여러 강물이 모여든 바다와 같이 한마디로 정의할 수 없는 것이 특징이기도 하다. 일생 동안 참선과 염불과 기도를 시절인연과 중생의 근기를 보고 드러내셨으니 어찌 보면 통불교通佛敎로써 승속을 넘나들며 교화한 원효대사의 후신後身 같은 모습으로 우리 곁에 오신 분이 아니었나 하는 생각도 든다.

운봉스님의 법제자 향곡스님은 경봉 노사를 가리켜 통도사 스님 중에 자장율사 이래 가장 뛰어난 큰스님이라고 평하며 다니셨다고 한다. 노사의 일지 중에서 52년 10월 11일자에 노사와 향곡스님 간에 법랍을 초월하여 치열하게 선문답을 주고받았던 내용이 사실대로 기록되어 있는데, 우리 노사에 대한 향곡스님의 평은 단순한 수사가 아니라 마음에서 우러난 존경의 염念이었던 것 같다.

통도사가 치르는 연례행사 가운데 가장 큰 행사는 화엄산림법회이다. 이 또한 경봉 노사께서 일찍이 일제강점기 때 극락암에서 법회의 종주宗主가 되어 되살렸던 전통이다. 통도사에 드리운 노사의 덕화는 그것만이 아니다. 보광선원과 백련암 선방에 당대의 고승 운봉스님과 전강스님 등을 조실로 안접安接케 하여 통도사의 선풍을 드높였고, 비록 6.25전쟁으로 좌초하고 말았지만 총림을 개설하기 위해 한암스님을 방장으로 추대하고자 사람과 서신을 보내는 등등 노심초사하시며 영축총림의 초석을 놓았던 것이다.〉

경봉스님이 계실 때는 통도사 극락암 가는 길이 아주 불편했던 것 같다. 지금으로부터 50여 년 전인 1965년도만 해도 경부선 물금역에서 내려 양산 신평행 버스를 타고 갔다가 거기서부터 10여 리 되는 극락암까지는 걸어가야 했다.

혜암스님이 경봉스님의 회상에서 정진했던 극락암

이때 혜암은 경봉스님의 다음과 같은 하안거 해제법문을 듣고 크게 공감했다고 한다. 출가한 이후 부처님 법 하나만 믿고 치열하게 정진해왔던 자신의 그것과 조금도 다르지 않았던 것이다.

〈오늘 우리 선원의 여름 안거 결제법문을 하자니 아무리 천언만담을 하고 팔만사천 경전을 입으로 설교하더라도 말이요 문자이다. 이 도리는 입을 열면 어긋나고, 입을 열지 않으면 잃게 되고, 그렇다고 입을 열지도 다물지도 않으면 십만팔천 리나 멀어지는 것이다.

그런데도 이 도리를 알려고 하여 이 도리를 마음이다 혹은 성리性理다 혹은 불성자리다 혹은 한 물건이다, 라고 하지만 다만 대명사에 지나지 않는 것이다.

이것은 그림을 잘 그리는 이가 그려낼 수도 없고, 소진蘇秦 장의張儀와 같은 구변으로도 표현할 수가 없다. 오고 가고 앉고 눕고 말하고 고요하고 시끄러운 일상생활에서 항상 이 자리를 쓰고 있고, 화화초초花花草草 두두물물頭頭物物에도 이 자리가 온통 그대로인 것을 따로 찾고 있다. 오늘 묵묵히 앉아 있다가 주장자를 들어 대중에게 보이고 법상을 쳤는데 눈으로 주장자를 역력히 봤고, 귀로 법상 치는 소리를 역력히 들었다.

역력히 보고 들은 여기서 알아야지 그밖에 따로 현묘한 것을 보고 듣기를 좋아한다. 그래서 주장자를 들어 보인 뒤 법상을 치고는 '산은 은은하고 물은 잔잔히 흐르는데 산꽃은 웃고 들새는 노래해 지금 저 나무 위에서 새가 호르르 호르르 하네'라고 읊조렸다.

산꽃 웃는 것과 새 우짖는 소리에 법문이 다 들어 있다. 안개는 새벽하늘에 피어오르고 비는 청산을 지나가나니 모든 만물이 비로자나부처님이요, 온갖 것이 그대로 연화장세계로다. 법상을 치고 억! 하고 할을 했을 때, 눈 꿈쩍하는 사이에 법문을 알아들어야 한다. 여러분이 나를 볼 때 법상과 내 몸 전체가 여러분의 눈에 다 들어갔고, 내가 여러분을 볼 때에 여러분이 내 눈에 다 들어왔다.

눈이 마주치는 곳에 도가 있다. 이 도리를 알면 눈만 꿈쩍해도 알고 손을 들어도 알고 발을 쑥 내밀어도 알고 아무 말을 하지 않아도 아는 것이다. 이러한 경지라야 멋들어지게 법문하고 들을 수 있는 것이다. 아는 이는 이렇지만 모르는 이는 천리만리만큼이나 아득한 것이다. 부싯돌에서 불이 번쩍하는데, 그 불빛에 바늘귀를 꿰더라도 오히려 둔한 것이다. 그보다 빠르니 그렇다.

지지부진 진취가 없거든 산에 가서 발을 쑥 뻗고 실컷 울어라. 뼈에 사무치는 울음을 울어야 한다. 이 공부는 철저하게 생명을 걸고 하지 않으면 안 된다. 세상에서 돈 버는 것도 10여 년간 풍풍우우 風風雨雨 피땀 흘려야 가능한데, 하물며 가치를 따질 수 없는 무가보인 자기보장(自己寶藏, 마음부처)을 찾는 수행은 생명을 걸고 하지 않으면 도저히 이룰 수 없는 것이다.

그저 간단없이 오나가나 앉으나 누우나 일여해져서 전에는 그렇

혜암스님이 선방 대중들에게 절을 받았던 극락암 법당 뒷모습

지 않던 것이 그저 밥을 먹을 때에도 들리고 가도 들리고 대소변을 보든지 이야기를 해도 목전에 역력히 드러남은 물론 꿈 가운데서도 일여해서 화두가 독로해야 한다.

흘러가는 시냇물 가의 물소리를 많이 듣고 자란 대를 베서 퉁소나 젓대를 만들면 그 소리가 여느 대밭의 대보다 소리가 배나 곱다. 오동나무도 보통 산중에서 자란 것보다 물가에서 물소리를 듣고 자란 것을 베서 거문고나 가야금을 만들면 소리가 배나 곱다. 무슨 말인지 도저히 이해가 안 되는 말이라도 귀를 지나가면 누구에게나 있는 여래장如來藏으로 통하게 되는데, 이 여래장을 통해서 지나가게 되면 언제든지 나오게 된다.〉

혜암이 경봉스님을 다시 찾은 것은 5년 뒤 늦가을이었다. 1970년 51세 때의 동안거로 이때가 경봉스님 회상에서 마지막 정진이었다. 마지막이 될 수밖에 없었던 이유는 동안거를 마치면서 경봉스님이 선원의 모든 대중을 불러 모아놓고 선문답을 한 뒤, 혜암에게 큰절을 올리게 하였기 때문이다. 이에 혜암은 게송을 지어 경봉스님에게 보였다.

영산회상의 영축봉이여
구름 한 점 없으니 만리에 통했도다

세존께서 들어 보이신 한 송이 꽃은

미래세계가 다하도록 길이 붉으리

꽃을 들을 때 내가 참석하여 보았다면

한 방망이로 때려죽여 불속에 던졌으리라

본래 한 물건도 없으니 언어마저 끊겼는데

진실한 본래성품은 공하되 공하지 아니하도다.

靈山會上靈鷲峰 萬里無雲萬里通

世尊拈花一枝花 歷千劫而長今紅

拈花當時吾見參 一棒打殺投火中

本來無物萬言語 天眞自性空不空


　수행자로서 자기세계를 확실하게 보여준 게송이었다. 세존의 가르침이 영원하겠지만 역사 속의 인간세존을 때려죽이고 불속에 던진다는 것은 자신의 본래성품을 확철하게 깨닫고 보았다는 선언이었다.

　아무튼 혜암이 대중의 절을 받고 이와 같은 게송을 읊조린 것은 큰 사건이었다. 전국의 선방에 선승 혜암을 알리는 분기점이 되었다. 실제로 이후부터 혜암을 따르는 무리가 나타나 어디를 가든 혜암 회상이 생겼던 것이다. 극락암을 떠난 지 2년 만이었다. 배를 타고 가야만 하는 남해 용문사로 숨어들어 갔지만 전국에서 소문을 듣고 찾아온 선객이 40여 명이나 됐던 것이다.

# 제6장

# 가야산2

## 해인사 소림원 · 원당암

가야산에서는 구름이 바쁘지 않다.
청산처럼 묵묵한 모습으로 허공에 떠 있다.
또다시 까마귀 한 마리가 나타났다가
발자국 하나 남기지 않고 가야산 산자락을 넘어간다.
외운도 곧 흔적 없이 사라지고 말 것이다.
우리 인생도 조각구름과 같이 생멸하는 것이니
더 늦기 전에 내 목숨과 바꿀 그 무엇에 온몸을 던져야 할 것 같다.

# 부처도
# 내 공부 해주지 않는다

## 진승眞僧은 하산하고 가승假僧은 입산한다

세 달 만에 다시 가야산 해인사를 찾아가는 길이다. 혜암스님께서
수행했던 곳을 순례하는 동안 나는 스님께서 정진하셨던 산을 중
심으로 돌았던 것이다. 오대산, 지리산, 태백산이 그곳이다. 나는
스님이 출가했던 가야산 해인사에서 출발하여 세 달 동안 오대산
오대와 지리산의 상무주암과 도솔암 등의 암자와 태백산 동암을
거쳐 다시 원점으로 돌아가고 있는 셈이다. 스님께서 말년에 대중
법문을 하고 열반한 곳이 가야산 해인사였기 때문이다.

　해인사까지는 승용차로 내 산방에서 세 시간 반가량의 거리다.
아침 일곱 시 32분에 내 산방을 떠난 나는 열한 시가 못 되어 해인
사 산문을 통과하고 있다. 세 달 전 가야산은 태풍의 상처가 역력했
는데 지금은 말끔하게 치유돼 산과 계곡도 원래의 모습으로 돌아

와 있다. 낙락장송들도 의젓하고 계곡물도 힘차게 흐르고 있다. 어느새 12월의 문턱에서 만추의 흔적도 다 씻겨나간 듯하다. 나는 습관처럼 최치원의 둔세비가 있는 홍류동에서 멈춘다.

여태까지는 최치원의 입산을 정치적 좌절에서 그 이유를 찾았는데, 오늘 다시 생각해보니 그것만은 아닌 듯하다. 몸은 세속에 있었지만 생각은 늘 가야산에 두고 살았던 것 같다. 친형이 해인사 승려였던 것이다.

그는 세속에서 백일몽 같은 행복을 찾기보다는 입산해서 영원한 행복을 구하고자 몸에 맞지 않은 관복을 벗어버리지 않았나 싶다. 그러고 보니 최치원이야말로 신라의 유마거사였다는 생각이 든다. 다 알다시피 『유마경』의 주인공인 인도의 유마거사는 부처님 당시 출가하지 않고도 깨달음을 얻은 거사였던 것이다. 출가란 '그물에 걸리지 않는 바람'처럼 무엇에도 걸림 없이 자신의 인생을 주인공으로 사는 것. 이를 일러 해탈이라 하고 자유라고 하는 것일 터이다.

혹시라도 입산을 도피라고 생각해서는 안 될 것이다. 세상이 잘못 돌아갈 때는 분연히 세상 속으로 발걸음하는 것이 수행자의 본분이다. 말세가 되면 진승眞僧은 하산하고 가승假僧은 입산한다는 금언이 있다. 혜암스님도 조계종단이 흔들릴 때 원로회의 의장으로서 하산한 뒤 자신의 입장을 다음과 같이 분명하게 밝힌 뒤 개혁

종단을 탄생시켰던 역사가 있다.

〈예를 들어보겠습니다. 사람의 생명은 건강입니다. 건강은 누가 만드는가 하면 마음이 만들어요. 건강하고 오래 사는 운명은 따로 있는 것이 아닙니다. 마음밖에는 아무것도 없어요. 마음이 건강을 만들기도 하고 파괴하기도 합니다. 절대로 운명이라는 것은 없습니다. 그런 것과 같이 종단이 병들었는데 근본으로 돌아가지 않고 개혁을 열 번을 한들 뭣 할 것입니까? 다만 종단이 이대로 나아가서는 기필코 망하겠구나 하는 생각이 들어 '아, 이제 종단을 개혁해서 발전시켜야겠다'라는 것이 내 소견일 뿐입니다. 부처님 말씀대로만 해왔다면 개혁이라는 말은 필요 없는 것입니다. 부처님 말씀대로만 하면 천하를 통일해버릴 수 있습니다. 부처님 말씀대로 안 하고 종단의 모습이 엉망으로 변했기 때문에 개혁이란 말이 나오게 된 것입니다. 부끄러운 일이지만 부처님 말씀을 실천하지 못하고 있으니까 개혁이라는 말이 붙은 것입니다. 그걸 알아야 됩니다. 부처님이 시키는 대로만 하면 인간 천상을 다 청정하게 맑힐 수 있습니다. 그런데 우리 종단 모습이 부처님 말씀과 달리 흐릿해지고 망가진 것 아닙니까? 그 흐릿해진 부분을 개혁하는 것이지 부처님 법을 개혁하자는 말이 아닙니다. 부처님 법은 개혁할 필요가 없습니다. 그래서 나는 잘못된 부분을 개혁할 수밖에 없다는 뜻을 가지고 발을 들여놓은 것입니다. 희생이 되는 한이 있더라도 이번에는

물러나지 않겠다는 결심을 가지고 있습니다.〉

　종단뿐만 아니라 각자의 삶에 있어서도 다시 새겨보자는 의미에서 인용했지만 스님 말씀은 여전히 유효한 것 같다. 스님은 종단을 걱정하고 있지만 우리 자신에게도 경책이 되고 있다. 부처님이 시키는 대로만 산다면 인간세상과 천상세계를 다 청정하게 맑힐 수 있다는 말씀이 그렇다.


"서울 가는데 서울이 안 나올 턱이 있습니까?"

해인사 선방은 소림원이다. 해제 기간이어선지 소림원은 텅 비어 있다. 그러나 며칠 후(음력 10월 15일)면 방부를 들인 선객들로 꽉 찰 터이다. 혜암스님의 진면목은 정진력에 있다고 본다. 방장이 되고 종정이 되었다고 해서 선방 좌복을 떠나본 적이 없는 분이었던 것이다. 그러기 때문에 선객들은 혜암스님 법문을 사무치게 듣지 않을 수 없었다.
　〈처음에 육조단경을 강의할 때, 외람되게 육조단경을 버릴 때 견성하는 것이요, 육조스님의 종노릇은 할 수 있지만 언제 견성성불할 수 있는가, 그렇게 말한 적이 있습니다. 비법秘法이라는 것이 육조스님이나 부처님에게 있는 것이 아닙니다. 이것도 몰라 무슨 공부를 하겠습니까? 개개인에게 비밀법이 있는 것입니다.

그러면 어째서 강의를 받아야 하는가? 참말로 구경각의 노정기를 다 알았다면 필요 없는 것이지만, 노정기를 모르니까 알아야 하고, 또 병통에 걸릴 수 있으니 병을 고치려고 부처님 말씀을 배우고 조사 말씀을 배워야 할 뿐입니다. 허물이 없는 사람은 공부하는데 이런 것은 아무런 필요가 없는 것입니다. 이런 말 들을 때 이리 흔들리고, 저런 말 들을 때 저리 흔들려서는 안 됩니다.

하나를 딱 세워놓고 공부해야 합니다. 힘없는 숲처럼 동쪽에서 바람이 불면 동쪽으로 넘어지고 서쪽에서 불면 서쪽으로 넘어지듯 하면 언제 성불합니까? '이 뭣고?' 하는 당처가 부처님 자리이고 성불하는 자리입니다. 흔들리면 안 됩니다. 경전 백 권을 외워도 성불 못 합니다.

— 문자에 의지해서 법을 설해도 삼세제불의 원수요, 경을 한 글자라도 여의고 정법을 설한다 하더라도 마구니 설이라.

그럼 어떻게 할 것입니까? 주먹을 폈다 오므렸다 해야 산 주먹이 되는 것입니다. 쥐고만 있어도 병신, 펴고만 있어도 병신 아닙니까? 모든 법이 방편이므로 그때그때 배고프면 밥 먹고, 졸리면 자

성철스님과 혜암스님이 선객들을 지도했던 해인사 소림원

는 것과 같이 버리기도 하고 취하기도 하는 것입니다. 일정한 법이 없습니다. 아무리 귀중한 부처님이나 조사의 말씀에 있어서도 말입니다. 거기에 가서 속지 말아야 합니다.

수행자는 운수객입니다. 동서남북에 집착하지 않고 앞으로 뒤로 좌로 마음대로 자유스러워야 합니다. 우리 운수납자는 걸림이 없습니다. 하물며 화두도 망상입니다. 할 수 없어서 화두 공부하는 것이지 화두가 무슨 도입니까? 비밀법입니다. 도이면서도 도가 아닙니다. 도는 우리 마음에 있습니다. 수행자가 되어 머리 깎고 목욕하고 옷 벗고 입고, 해제하고 결제만 하면 누가 공부시켜준다고 했습니까? 신실히 공부해야 합니다. 공부하는 처소가 따로 없습니다. 공부할 시간이 많지 않습니다. 할 줄 몰라도 딱 결정한 마음을 세워야 합니다. 할 줄 모르면서 밤낮 이리 흔들리고 저리 흔들려서야 되겠습니까? 부처도 내 공부를 해주지 않습니다.

죽기로 결정한 사람들이 수좌입니다. 생명을 바친 사람들입니다. 우리는 출가해서 나올 때 벌써 조사입니다. 죽기로 결사해 모든 난행, 고행을 이겨내는 군인과 같습니다. 되는대로, 닥치는 대로 해서 성취한 사람 있습니까? 수월하게 한 사람도 있고, 뼈가 저리게 한 사람도 있지만, 그런 차별이 있기는 하나 이 공부는 내 목숨과 바꾸는 공부입니다. 죽기로 결정해 강직한 마음으로 본래 마음을 찾는 것이 운수객입니다. 수좌의 생명은 도입니다.

그런데 부끄럽게 집에서, 학교에서, 군대에서, 사회에서 배운 시비를 여기서도 합니다. 그것은 수좌가 아니고 선객이 아닙니다. 나는 시비를 꿈에라도 해본 일이 없습니다. 어느 절에서도 죽을 주든지 썩은 콩을 주든지 그런 시비는 하지 않았습니다.

일본의 일휴선사는 시자와 함께 빵집 앞으로 지나다가 점잖지 못하게 말합니다.

"야, 저 빵 참 맛있겠다. 우리도 먹고 가자."

시자가 그 소리를 듣고 말합니다.

"큰스님이 그런 말씀을 하면 됩니까? 빨리 갑시다."

빵집을 지나쳐 사람들이 없는 데서 일휴선사가 다시 똑같은 말을 하자 시자가 퉁명스럽게 대꾸합니다.

"큰스님께서 빵 드시고 싶은 것 하나 참지 못하고 그런 말씀을 하십니까?"

그러자 일휴선사가 시자를 꾸짖습니다.

"이놈아, 빵을 무겁게 십 리나 짊어지고 다니느냐?"

도인들은 그때그때 집착하는 것이 없습니다. 중생들은 대나무를 보면 대나무에 집착하고 소나무를 보면 소나무에 집착합니다. 집착이 중생의 병입니다. 깨달음에 이르기 전 경계에 집착합니다. 경계에 집착을 하기 때문에 구경각에 대한 병통이 일어납니다.

어느 오뉴월 장마 때 물이 불어난 내를 건너지 못한 채 처녀가 울고 있었습니다. 일휴선사가 처녀를 보고 말합니다.

"어째 울고 있느냐?"

"오늘 꼭 내를 건너가 볼일이 있는데 그러지 못해 울고 있습니다."

"그래? 그럼 내 등에 업혀라."

일휴선사가 처녀를 업고 내를 건넜는데 한참 뒤에 따라오던 비구들이 말합니다.

"큰스님이 되어 가지고 어떻게 처녀의 궁둥이를 잡고 내를 건넙니까?"

"이놈들아, 너희는 아직도 무겁게 처녀를 업고 있느냐?"

도인들은 업어도 업은 것이 없습니다. 일휴선사는 신통력이 있어 어느 정도 자재했습니다. 점안식에 가서 점안하라고 하면 부처님 머리통에 오줌을 갈겼습니다. 신도들이 흉을 보면 모두 아프게 만들어버렸습니다. 신도들이 살려달라고 애원하면 자기가 입던 속옷을 벗어 말합니다.

"이 속옷으로 목을 감으면 다 낫는다."

실제로 신도들은 다 나아버립니다. 어찌 속인들과 같다고 할 수 있겠습니까? 이러한 행동은 불법을 바로 믿게 하기 위해서 그러는 것이지 장난하려고 그러는 것이 아닙니다.

무슨 법이든지 사람에게 있습니다. 부처님보다 내가 제일입니다.

부처님이라고 하면 부처님이 아닙니다. 똥부처님입니다. 그런데 여러분은 1년도 아니고 3년도 아니고 어찌 그리 오래도록 속고 있단 말입니까? 황벽스님 가풍에 이런 일이 있었습니다.

"해탈하신 스님이 무엇 하려고 부처님에게 절을 합니까?"

"내가 이와 같고 이와 같을 뿐이다. 부처님에게 구하려고 하는 것이 아니다. 해도 하는 것이 없다. 중생을 구하기 위한 방편일 뿐이다."

당나라 어느 선사는 태백산에 들어가 초근목피로 연명하며 5년 동안 공부했습니다. 눕지도 않고 좀 쉴 때도 나무에 기대 쉬었다고 합니다. 하루는 주장자를 가지고 흙덩이를 깼는데 흙덩이가 부서지면서 깨쳤다고 합니다.

사람에게 비법이 있다는 것은 의심할 것이 없습니다. 공부하면 시절인연이 돌아오기 마련입니다. 서울 가는데 서울이 안 나올 턱이 있습니까? 글을 읽다 깨칠지 바람 불 때 깨칠지 모릅니다. 신짝이 벗겨지는 것에 놀라 깨치는 사람도 있습니다. 화두 하나만 놓치지 않고 공부하면 됩니다. 비법이 우리에게 있기 때문입니다. 이것을 믿어야 합니다. 재미없다고, 해보니 별 수 없더라, 그렇게 생각하면 안 됩니다. 꼭 믿고 해나가면 천상천하 보물이 내게 있는데 남부러울 것이 뭐가 있습니까? 속세에 사는 어느 처사가 화두를 받아 행주좌와어묵동정으로 애를 쓰면서 공부를 했습니다. 어느 날 화장실에 가 간절히 '이 뭣고?' 하는데, 개구리가 개골개골 하는 소리에 탁 깨쳐버렸습니다. 깨달아 오도송을 이렇게 지었습니다.

봄 하늘 달 밝은 밤에 개구리 우는 소리가
온 누리를 꿰뚫으니 한 집안이 되더라.

나는 예전에 공부할 때 산중에 노스님이 산다고 하면 꼭 찾아다니며 공부하는 법을 물었습니다. 글을 배우는 것은 좋아하지 않았지만 말입니다. 기역 자밖에 모른 스님들에게도 배울 것은 있었습니다. 경험담을 듣게 되면 배울 것이 반드시 있었습니다. 우리는 제대로 공부 못한 죄인 아닙니까? 인과에 대한 신심이 없다면 어찌할 것입니까?

예전에 공부할 때 보면 비구니 스님들이 인과에 대한 믿음이 대단했습니다. 자기 몸을 돌아보지 않는 청정한 비구니들이 참으로 많아 감동을 많이 받았습니다. 인과를 그렇게 믿을 수가 없고 절 물건을 아끼고 대중공양을 그렇게 잘할 수가 없었습니다.

— 인생에 도를 배우지 않으면 깜깜한 밤에 나선 격이요, 사람이 성인의 이치를 통하지 못하면 금수들에게 옷을 입히는 것과 같더라.

사람에게 옷을 입혔다고 해서 다 사람이 아닙니다. 짐승들에게 옷을 하나 입혀놓은 것입니다. 수행자들도 공부를 안 하면 짐승 몸에 법복을 입혀놓은 것과 같습니다.

─ 인생은 정진하지 않으면 뿌리 없는 나무와 같고 꽃나무를 끊어다가 대낮에 놓아두면 얼마나 성성할 것 같은가? 사람 목숨이 이와 같아서 죽음은 잠시간에 있느니라.

우리의 신세도 이와 같습니다. 눈앞에 보이는 것만 보지 말고 멀리 보고 살아야 합니다.〉

기승전결의 얘기에 익숙한 사람에게는 두서없이 전개되는 법문이 어리둥절하겠지만 그래도 곱씹어보면 '부처도 내 공부 해주지 않는다'는 스님만의 분명한 기운이 느껴진다. 내가 공부해 부처가 되어야지 부처가 내 공부 해준다는 환상을 버리라는 말씀이 죽비처럼 다가온다. 주체적이고 긍정적인 삶을 살라는 간절한 당부이시다. '서울 가는데 서울이 안 나올 턱이 있습니까?', 목적이 달성될 거라는 확신을 가지고 공부해야 한다는 스님의 절절함이 법문 곳곳에 묻어 있다.

나는 이러한 태도가 참선 공부하는 선객들에게만 해당된다고 보

원당암 만추의 그늘에서 묵언중인 미소굴

지 않는다. 우리 각자의 삶에도 그대로 회통하는 말씀이라고 생각한다. 그래서 나는 스님의 말씀 한 자락이라도 더 선명하게 느끼기 위해 소림원 마당을 서성이고 있는 것이다. 어디선가 까마귀 한 마리가 날아와 까악까악 우짖는다. 눈을 들어보니 까마귀는 원당암 쪽으로 날아간다.


## 청산이 바삐 가는 흰 구름을 보고 웃는다


원당암에 오를 때마다 나는 늘 보광전보다 혜암스님의 영정사진이 있는 미소굴로 먼저 올라간다. 미소굴 입구 기둥에 쓰인 '공부하다 죽어라'가 오늘따라 더 가슴을 친다. 세 달 전에 보았던 '공부하다 죽어라'가 아니다. 세 달 전 나는 그것이 참선 공부하는 스님들만의 법문인 줄 알았는데, 지금 보니 저잣거리에 사는 우리 모두에게 던지는 화두인 것이다. 장사하는 장사꾼은 장사하다 죽어야 할 것이고, 기술자는 기술을 연마하다 죽을 것이고, 나는 글을 쓰다 죽어야 할 거라는 법구法句이다.

  그렇다고 정말 죽는 것일까? 미소굴 문을 열고 들어가 스님 영정사진 앞에 엎드리고 일어나니 스님이 미소 지으며 답하신다.

  '공부하다가 죽으면 안 죽어요. 옳은 마음으로 옳은 일 하다가 죽

공부하다가 죽어라

공부하다 죽는 것이 사는 길이다

옳은 마음으로 옳은 일 하다가 죽으면 안 죽어요

- 혜암(惠菴)대종사 법문 중에서 -

혜암스님의 법문 한 구절에 발걸음을 멈추다

으면 안 죽어요.'

공부하되 '옳은 마음'으로 할 것을 경책하신다. 스님의 말씀은 늘 단순하고 명쾌하시다. 옳은 마음으로 공부하지 않으면 진짜 죽는다는 말씀이다. 그렇다. 무엇을 하되 대의(大義. 옳은 마음)를 잃어서는 안 된다. 수좌의 공부 끝은 중생제도로 돌아가야 하고, 세상 우리의 공부 끝은 나보다는 남을 이롭게 하는 곳으로 돌아가야 한다.

스님께서는 수행을 시작할 때와 입적할 때가 같았다고 전해진다. 똑같이 정진하는 자세였다고 한다. 등을 방바닥에 대지 않는 장좌불와 수행 모습이 그것이다. 2001년 12월 31일 이곳에서 입적하실 때도 의자에 앉은 채 가야산을 바라보는 자세로 돌아가셨던 것이다. 스님의 세상나이 82세 때였다.

미소굴 마당으로 나서니 해인사가 한눈에 들어온다. 왼편으로는 가야산 정상이 성큼 다가와 서 있다. 가야산이 늘 바쁜 나를 보고 미소 짓고 있는 듯하다. 문득 초의선사의 시 한 구절이 떠오른다.

청산이 바삐 가는 흰 구름을 보고 웃는다.
青山應笑白雲忙

그러나 이곳 가야산에서는 구름이 바쁘지 않다. 청산처럼 묵묵한 모습으로 허공에 떠 있다. 이런 구름을 와운臥雲이라고 한다. 또다시 까마귀 한 마리가 나타났다가 발자국 하나 남기지 않고 가야산 산자락을 넘어간다. 와운도 곧 흔적 없이 사라지고 말 것이다. 우리 인생도 조각구름과 같이 생멸하는 것이니 더 늦기 전에 내 목숨과 바꿀 그 무엇에 온몸을 던져야 할 것 같다.

여 広度衆生으로 南北統一 護國安民의 새 歷史를 創
造하는뜻 깊은 大事가 되도록 慈悲와 光明의 門으로 引
導하여주십시오 大慈大悲로 本體를 삼으시고 救護衆生
으로 本願力을 세우시어 一切衆生을 平和롭게 保護하시
는 諸仏보살님! 今般의 仏事에 同參한 모든 仏子들을 大
慈大悲로 받아드리시라 사仏陀의 慈命을 相續하며 信男信女
의 作福祈願이 成就되며 不安한 者에게는 平德을 주시고
病弱한 者에게는 健康을 주시고 게으른 者에게는 勤勉
을 주시고 病든 마음에는 智慧를 주시고 貪寵者에게는 福
德을 주시고 망설이는 者에게 띤 信念을 各々에게 주시어마
침내 뜻 하는 일 드디 円滿히 成就하도록 慈
悲와 智慧의 門으로 引導하여주십시오 法界의 法도 이
되어 끊임없이 大乘妙法을 굴리시는 諸仏보살님!
이번에 会館仏事同參한 四部大衆들이 法을 지키고 나라를
지키는 護法護國의 큰 誓願과 仏日增輝하고 法輪이 常轉
하여 祖國統一과 世界平和를 早速히 成就할 수 있는
와 勇氣의 冥加被力을 내리어주십시오 一切衆生을 즐거
苦痛의 地獄에서 光明과 法悦의 極
大慈大悲하신 者들

八萬大藏經奉讚会 〇 關上村

歸命十方調御士演揚清淨微妙法三乘四果解脫

僧願賜慈悲哀納受 仰告佛心光明이照耀하사

는곳에盡大地가는非水月道場이요刹〇塵〇이함

께佛恩을입엇나니三寶의光明이盖天盖地로다宇宙

萬法界에充滿하사아니계신곳없으시고萬有에平等하

사두루살펴주옵시는十方三世諸佛보살님ㅡ實相

을열으시고救苦의光明을비추어주심시요清淨佛

國土는歷千劫而不古하고亙万歲而長今이라는말과같이한

티끌속에大千世界가震動하고一刹那에永劫의歲月이

흐르며一切衆生의本源覺性에十方諸佛이常住하시어는

갓智慧와德相이圓融하고具足하건마는顛倒夢想으로

明業識에浮生하는衆生들은自作自受하는因果의理法을

〇외衆生心의〇〇〇〇見하니는諸佛보살ㅡ佛紀二五

二六年八月四日娑婆世界大韓民國伽倻山海印最林海東堂

의修道〇場이요成佛作祖의傳統에빛나는海東〇리에서

오늘八万藏經奉讚会〇寶普敎堂의上樑式을奉行하며서

# 참선은 살길을 찾는 공부다

### 나의 본래면목

우리 중생은 환幻으로 왔다가 환을 따라 모두 가버립니다. 가고 오는 것이 다 환 가운데의 일입니다. 환 속에 환 아닌 것이 있으니 그것이 바로 나의 본래면목이요, 본래의 몸입니다.

### 산 부처님, 죽은 부처님

벌레를 도와주는 것이 나무토막이나 돌멩이, 쇠를 녹여서 만든 법당의 부처님에게 공양하는 것보다 공덕이 더 많습니다. 그런데 사람들은 이 말을 믿지 않고 법당의 부처님 앞에서는 겁을 내고 죄 지을 마음을 안 내는데, 보잘것없는 벌레는 부처님이 아닌 줄 알고 함부로 해하려고 합니다.

미물들도 천한 것이 아닙니다. 쥐 속에도 부처님이 있어요. 이 시간만 쥐 몸으로 받았지 실제로는 털끝만치도 모자라지 않은 산 부처님이에요. 닭 모이 주듯이 쥐에게도 밥 먹으라고 놔두면 구멍도 안 뚫고 그래요. 쥐를 잡으려고 하니까 쥐도 사람 마음을 용케 알고 책도 찢어놓고 농 속의 비단 치마도 물어뜯는 거지요.

내 집에 온 쥐를 잡으면 다른 데 있는 쥐가 부고를 받고 조문 온다고 합니다. 그러니까 사람만이 제일이 아닙니다.

## 마음은 하나

바다에 파도가 천 개가 날 때도 있고, 만 개가 날 때도 있습니다. 그런데 바다를 떠나서는 파도가 없듯 여기에 이렇게 사람의 수가 많아도 마음은 하나밖에 없습니다. 네 마음, 내 마음이 따로 있는 것이 아닙니다. 몸뚱이만 네 몸뚱이, 내 몸뚱이가 따로 있지 마음은 바다가 하나밖에 없듯 오직 하나일 뿐입니다.

파도만 꺼져버리면 바다가 되지 않겠습니까? 번뇌 망상 나라는 생각만 버리면 파도가 바다로 변하듯이 우리는 부처님이 되어버립니다.

## 참불공

복 짓는 것도 잘 알아야 합니다. 부처님은 나한데 복 지어라 하고 가르쳐준 일이 없습니다. 부처님이 거룩해서 공양한다고요? 시방 부처님한테 여러 가지 다 갖다 바치더라도 고통받는 한 중생을 도와주는 공덕만 못하다고 합니다. 남을 마음으로나 물질적으로나 돕는 것이 언제 어디서든지 불공을 하는 법입니다.

부처님 생일에

석가세존이 이 세상에 나오지 않고
달마가 인도에서 아니 왔어도
불법은 온 누리에 두루하여
봄바람의 꽃은 활짝 피어 있도다.


부처님 거울, 중생의 거울

부처님의 거울도 거울이고, 우리 범부의 거울도 똑같은 원료의 거울인데, 부처님 거울은 때가 없으니까 모든 것을 다 비추어 볼 수 있는데, 우리 범부의 거울에는 때가 끼어 있어 모든 것이 안 보일 뿐입니다.


자성으로 보는 능력

허공 속에 만물이 다 들어 있는 것처럼 우리 본마음만 알면 배우지 않아도 그냥 한목에 다 알아집니다. 도를 배우는 사람들이 마음에 물든 바가 없어 무심이 되고 망념이 나지 아니하여 주관과 객관의 마음이 없어지면 일체가 다 때가 없어져서 청정무구한 까닭에 능히 자성으로 보는 능력이 생겨나는 것입니다.

## 공空

공하다는 말은 아주 없다는 말이 아닙니다. 번뇌 망상이 비면 밝은 부처님 마음이 나타난 묘공妙空이지 아주 끊어진 단공斷空이 아닙니다. 서양의 불교박사도 공도리空道理를 묻고 갔습니다. 그래서 내가 텅 빌 공空 자가 아니고, 있을 유有 자와 없을 무無 자가 합해진 공이라고 이야기했습니다. 이걸 묘공 혹은 진공眞空이라고 합니다.

## 마음이 도道

해는 천년 전에도, 천년 후에도 그 해지 다른 해가 아닙니다. 물은 만년 전에도 밑으로 내려가지 위로 올라가지 않았습니다. 이와 같이 법은 변하지 않습니다. 사람이 옛 사람이 있고 오늘날 사람이 있지 법은 예와 이제가 없습니다. 사람은 어리석고 지혜가 있을지언정 도는 성하고 망하는 것이 없습니다. 우리 마음이 도인데 불법이 망하는 것같이 보이지만 우리 마음이 어떻게 망하겠습니까?

## 법신法身

이 육신은 눈으로 보이지만 눈으로 볼 수 없는 참나, 법신은 육안으로, 고기 눈으로는 억만년 공을 들여도 볼 수가 없습니다. 우리의 이 눈은 개똥불과 같이 어리석고 둔합니다. 법신은 마음의 눈으로 볼 수 있습니다.

## 참 부자

참선해서 나를 알면 천지가 다 내 것이 됩니다. 그러니까 도 닦는 사람이 부자입니다. 내가 공부만 하면 천지가 내 주먹 안에 다 들어오는데 그 누구를 부러워할 사람이 있겠습니까?


## 복福

사람이 자기만 생각하고, 자기 집 식구만 생각하면 어찌 지옥에 안 가겠습니까? 이 세상은 나 혼자 나올 수도 없고, 나 혼자 살 수도 없는 곳입니다. 모두가 남의 혜택으로 날마다 살아가는 것입니다.

그러니 나도 남을 도와주는 실천을 하십시오. 남을 좋게 해주면 복을 안 받으려고 해도 저절로 복이 받아집니다. 옛날에는 도인들이 전부 채소밭 가꾸는 데서 나오고, 부엌에서 나오고, 머슴살이하는 데서 나왔습니다.


## 바다 같은 불법

부처님은 "네가 성인이고, 네 마음을 닦으면 네가 부처다"라고 가르쳤는데 다른 종교는 구원받고, 도움은 받을 수 있지만 성인은 되지 못한다고 하니 얼마나 억울합니까? 사람들이 다른 종교를 고생고생하며 믿더라도 강물이 바다로 들어오듯이 내생에는 불법으로 그 사람들이 들어올 겁니다. 냇물, 강물이 바다로 가지 갈 데가 없

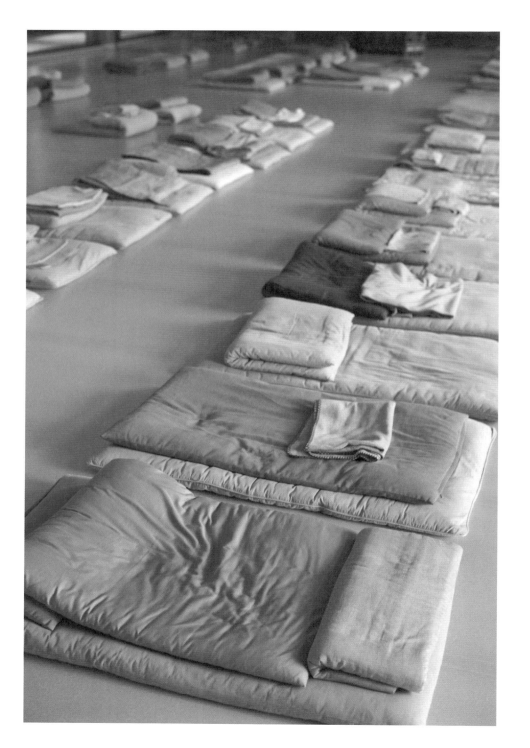

는데 어디로 가겠습니까? 불법은 사람이 들어오는 바다이므로 어떤 종교든지 불법으로 다 돌아옵니다. 몇 생이 지난 뒤에는 다른 종교를 믿어도 수지맞지 않으니까 돌아다니다가 다 들어옵니다.

## 관세음보살

자성을 깨달으면 바로 부처이고, 자비심이 관세음보살이니 관세음보살 보고 나 도와달라고 하지 말고, 우리가 관세음보살 노릇을 해야지요. 남을 도와주는 사람은 관세음보살입니다.

　남을 도와주면 기도를 안 해도 복을 받게 됩니다. 그걸 알아야 합니다. 사람이 남을 도와줬다고 거지 될 것 같습니까? 남을 도와주면 참말로 내가 살아날 일이 생깁니다. 그러니까 자비심은 관세음보살이고, 내 마음을 버리고 양보하는 희사심喜捨心은 극락세계 대세지보살입니다.

## 불법은 인간 혁명

참선이란 인간 본래면목으로 되돌아가게 하는 깨달음의 길이요, 인간 혁명의 길입니다. 불교는 인간에게 최상의 혁명입니다. 본래의 길에서 탈선된 채 죽는 날을 기다리고 있는 이들에게 안 죽는 길, 살길로 혁명해서 찾아가는 길이 바로 불법이고 참선입니다.

## 마음은 유아독존

중생들은 낮에는 밝은 것에 의지하고 밤에는 어두운 것에 의지해 살지만 우리 마음은 이 세상의 차별적인 법하고 상대가 끊어졌기 때문에 짝이 없습니다. 내 본래 마음은 성인도 아니고 범부도 아니고 선도 아니고 악도 아니고 복도 아니고 불행도 아니고 아무것도 붙을 수가 없습니다. 뭉칠 때는 전부 하나가 되지만 유아독존입니다.

## 회광반조廻光返照

"아무개야" 하면 "예" 합니다. 그때 입이 "예" 하지 않을진대 "예" 하는 이것이 무엇인가를 회광반조, 돌이켜 비춰봐야 합니다. 그런데 찾는 사람이 없다는 것이 병입니다. "예" 하는 것이 이 뭣고? 하고 찾아보면 바로 그것이 주인이고 부처입니다.

　회광반조, 바깥으로 따라가지 말고 다시 말해서 죽으러 가는 길에 따라가지 말고 안으로 돌이키면 다 살길이 생겨납니다.

## 참선은 살길을 찾는 공부

참선하는 길은 격외선格外禪이라 하여 팔만대장경을 떠나서 따로 있습니다. 길이 다릅니다. 그런데 참선도 안 하는 복 없는 사람들이 팔만대장경을 뒤적거리고 거기서 배워 알려고 하지만 그것은 어리석은 개가 날아가버리고 없는 꿩 잡으려고 헤매는 것과 같은 거예

요. 이미 꿩은 도망질해버렸는데 거기서 몇십 년을, 백 년을 뒤진다고 꿩이 있겠습니까? 그러니까 속지 말고 바른 길, 살길을 찾아가라는 것입니다.

## 참선은 부처 되는 공부

시방세계에 죽어가는 사람을 한꺼번에 살려줘도 공덕이 안 됩니다. 그런 죽어가는 송장들 살려주는 공덕도 눈 깜짝할 시간에 "이 뭣고?" 하는 것만 못합니다. 이렇게 참선하는 값이 비쌉니다. 복 없는 사람은 참선을 못합니다. 재미도 없고, 공부해봐야 안 되는 것 같지만 비쌉니다. 아무리 천하에 없는 좋은 일을 다 하더라도 부처는 못 됩니다. 그러니 말귀를 알아들을 줄 아는 사람이라면 "나는 전생에 무슨 복을 지어 가지고 이런 법을 만났는가?" 하는 생각을 안 할 수가 없습니다.

## 참선은 자성공양自性供養

참선은 자성공양입니다. 자성공양 하는 사람의 공덕을 입으로 칭찬하는 것은 백천 제불諸佛이라도 감히 꿈꿀 수 없습니다. 그 누구도 칭찬할 수 없습니다.

## 처음으로 참선하는 사람에게

처음으로 참선하는 사람에게 부탁할 말이 몇 가지 있습니다.

첫째는 원력을 세워야 됩니다. 원력은 자동차의 핸들과 같습니다. 자동차가 새것이라도 핸들이 고장 나면 소용이 없듯이 '내가 백 번을 죽더라도 이 참선을 해서 도인이 돼야겠다'는 원력을 세우십시오.

두 번째는 나 혼자는 공부 못하니 가르쳐주는 사람을 찾아가야 됩니다.

세 번째는 언제든지 좌선하는 마음을 가져야 합니다. 일할 때나 일 없을 때나 앉았을 때나 섰을 때나 누웠을 때나 걸어갈 때나 참선하는 마음을, 화두를 놓쳐서는 안 됩니다. 화두를 놓치면 송장입니다.

네 번째는 모든 일을 할 때에라도 "이 뭣고?"를 생각해가면서 해야 합니다.

다섯 번째는 참선하는 사람들은, 나는 살길을 찾아가니까 내가 세상에서 제일가는 사람이라는 자부심을 가져야 합니다. 돈 없다고 얼굴 찡그리고 다니지 말아야 합니다. 내가 제일 높은 사람이 되었으니 못난이처럼 찡그린 표정을 하고 다녀서는 안 됩니다. 참선하는 사람이 제일 높은 사람입니다.

부처님은 항상 밝고 쾌활한 표정으로 살아야 한다고 가르쳤습니다. 찬란하게 빛나는 태양을 삼킨 사람이 바로 참선하는 사람입니다. 달을 집어삼킨 사람이 참선하는 사람입니다. "이 뭣고?"를 하면 해나 달

덩이보다 더 밝은 것이 나오니까 그런 표정을 가지고 살아야 합니다.

참선하는 사람은 얼굴을 활짝 펴고 다녀야 합니다. 그래야 도와 줄 사람도 생기고 좋은 귀신도 따라다닙니다.

어두운 표정을 하는 것은 운명이 나빠지니까 근심 걱정하는 표정, 병든 표정을 하지 말고 '내가 제일이다' 하는 마음을 가지면 얼굴에 제일이라는 왕王 자가 붙습니다.

여섯 번째는 긍정적인 말을 하고 남의 허물을 보지 말아야 합니다. 내가 본 남의 허물은 내 마음의 허물이며 나 자신의 허물입니다. 나밖에 없는 것이기 때문에 남의 허물 보는 것은 내 허물 보는 것이나 똑같습니다.

일곱 번째는 자비와 공심公心으로 살아야 합니다. 중생이 불쌍하니까 자비심으로 살고 남 이기려 하지 말고 미워하지 말고, 참선하는 사람은 언제나 너다 나다 하는 상相을 내지 말라는 뜻입니다.

이는 '도에 효순하는 사람을 사는 사람이 되라'는 것입니다. 이 세상은 내 것이 아니고 다 내버리고 갈 것들이니 도를 재산으로 믿고, 살림살이로 믿고 살아야 합니다.

여덟 번째는 참선하는 사람은 적어도 기초적인 가르침을 이해해야 합니다. 가르침을 이해할 때 비로소 길이 바르게 되고 진취가 있기 때문입니다. 아는 말도 또 까먹어버리니까 언제든지 듣고 또 듣고 날마다 밥 먹듯이 자꾸 들어야 합니다.

### 성성적적惺惺寂寂

꺼진 불과 같이하여 마음이 벽처럼 되어 화두가 성성적적하여야 합니다. 화두가 분명하니 의심이 분명한 것을 성성이라 하고, 망상이 하나도 없는 것을 적적이라고 합니다.

이것을 성성적적이라고도 하지만 적적성성이라고도 합니다. 화두가 분명히 들리면 망상이 안 나오고, 망상이 하나도 없이 조용해져버리면 화두가 잘 들리기 때문에 이렇게 붙여도 맞고 저렇게 붙여도 맞습니다.

### 선禪의 삼매

선은 가끔 삼매의 경계를 이룹니다. 그러나 시나 음악이나 미술에서 이루어지는 삼매와는 다릅니다. 선에서의 삼매는 자기를 잃지 않는 것입니다. 자기를 잃어버린 삼매는 무기無記에 떨어집니다.

### 선禪

선은 일체의 불안과 시비와 속박에서 해방시켜 가장 자유하고 존귀하고 행복하게 하는 것이니 모든 법의 왕입니다.

### 공부하는 사람

공부는 양심을 속이지 않고 진실해야 되는데 어중간한 사람이 제일 공부하기가 어렵다고 합니다. 알려면 확실하게 알든지 아무것도 모르고 그냥 시키는 대로 소금 지고 물에 들어가라 하면 물에 들어가는 그런 사람이 도를 빨리 깨닫습니다.

### 도 닦는 공부
세상 공부는 오늘 배우면 요만치 한 권씩 배워 내일이면 두 권 알아지고 한 달 후면 열 권 알아지는 것같이 쌓아가는 공부인데 도 닦는 공부는 한 번에 다 알아버리는 공부인 줄 알아야 합니다.

### 참선은 업장소멸
참선을 하다 보면 분별 망상의 업장이 소멸되고, 소멸되면 화두가 타파되어 법계의 생명이 탁 터져버려서 견성성불 하는 것입니다. 그렇게 되면 나와 남이 따로 있는 것이 아니라 동체대비심同體大悲心으로 서게 됩니다.

### 화두는 삼팔선
도란 이 세상의 허망한 법하고 멀리 떨어져 있지 않습니다. 오히려 딱 붙어 있는데 그걸 모르고 있는 것입니다. 그러니 화두는 성불의 방으로 가는 문고리와 같은 것입니다. '화두 당처가 부처님 마음자리다' 그런 대목이 나오는데 한 생각만 뒤집어보면 바로 부처님이 되어버립니다. 도 자리하고 딱 붙어 있는 삼팔선 자리이기 때문입니다.

## 화두는 전쟁 무기

허망한 것을 모조리 소탕해서 참마음, 참나를 찾아야 성불하게 되고, 부처를 이루어 일체 구속에서 벗어나 대자유인이 되는 것이 우리 불자들의 구경究竟 목적입니다.

　허망한 것을 소탕하는 전쟁은 맨손으로 할 수 없고 무기가 있어야 됩니다. 우리 공부하는 사람에게 총과 칼이 되어 전쟁에 이기고 우리를 살리는 무기는 화두입니다. 화두에는 천칠백 가지 이상이 있는데 각자가 하나씩만 들고 싸우면 됩니다.

## 절은 전쟁터

화두를 놓쳐 마음에 틈이 생기면 귀신이 들어와버립니다. 화두만 들고 있으면 귀신이 꼼짝 못합니다. 참선하는 것은 내 마음속에 있는 잡신들하고 바른 내 주인하고 전쟁하는 시간입니다. 그래서 이것을 혁명이라고도 합니다. 그런데 세상 사람들은 절을 놀고먹는 덴 줄 알고, 고요하고 편안한 데가 절인 줄 알지요. 절은 전쟁터이고 내가 죽나 귀신이 죽나 하고 싸움을 하는 곳입니다.

## 참선하는 이유

불교는 마음을 쓰기 이전의 본래면목을 자각하는 것입니다. 근본 마음을 깨닫는 이가 부처요, 한 생각 나오기 전 소식을 알려고 하는 것, 한 생각 일어나기 전 일을 알라고 하는 것이 불법입니다. 팔만 대장경은 글자입니다. 그러므로 한 생각 일어나기 전을 알려면 글로 된 팔만대장경에서는 못 배우는 것입니다. 그래서 참선을 안 할 수가 없습니다.

## 화두 드는 법

"이 뭣고?" 하는 화두는 늙은 쥐가 쌀궤를 한 구멍만 뚫듯 해야 합니다. 미련한 쥐나 어린 쥐는 경험이 없기 때문에 쌀궤를 뚫을 적에 이짝에 뚫었다 저짝에 뚫었다 하는데 늙은 쥐는 쌀궤를 많이 뚫어 봤기 때문에 쌀이 나오든 말든 죽어라고 한 구멍만 뚫습니다. 화두 공부도 늙은 쥐가 쌀궤 뚫듯이 해야 도가 깨달아집니다.

공부가 안 된다고 저리 따져보고 이리 따져보고 또 다른 화두로 바꾸고 하지 말라는 것입니다. 한 구멍만 뚫으면서 오늘 못다 뚫으면 또 내일 뚫고 내일도 못 뚫으면 또 모레…… 조금씩 뚫더라도 자꾸 애써 뚫으면 뚫어지는 것입니다.

당장 화두가 잘 안 들리더라도 그 노력이 헛된 것은 아니니 의심하지 말고 한 근을 못 들 사람은 한 근을 들려고 애쓰고 두 근을 못

들 사람은 두 근을 들려고 애쓰는 것이 공부입니다.

사람 얼굴도 처음 봤을 때는 잘 모르지만 두 번 보고 열 번을 보고 하면 그 사람 얼굴 안 봐도 그냥 이름만 부르면 얼굴이 내 마음에 그려지지 않습니까? 그것과 같이 화두 공부도 자꾸 애를 쓰면 밤에 자면서도, 꿈을 꾸면서도 공부를 하게 됩니다.

## 마음 밖에서 부처를 찾은 죄

밖에서 부처를 찾으니 찾을수록 더욱 잃게 됩니다. 내 마음을 떠나서 도를 구하고, 법당에 와서 쇠로 만든 부처님, 나무토막으로 만든 부처님만을 믿고 다닌 사람은 부처님을 비방하는 죄보다도 더 크다는 것을 알아야 합니다.

## 참선만 잘하면

참선 하나만 잘하면 종정스님보다 어른이고, 방장스님보다 낫고, 무슨 벼슬하는 사람보다 높은 사람인데 이런 도리를 모르니까 밤낮 감투 쓰고 돈 벌려고 그럽니다. 숨어서 거지가 되더라도 참선만 잘하면 부자인 것을 알아야 합니다. 도 닦다가 죽을지언정 도를 떠나서 오래 살려고 하지 마십시오.

## 좌선

대저 좌선이라 함은 여러분의 몸이 앉아 있는 것을 말하지 않습니다. 마음이 앉아 있는 것을 좌선이라 합니다.

## 마음병 고치는 참선

일어나는 내 마음을 없애는 것이 도 닦는 공부입니다. 여러분은 밤낮 그 부질없는 번뇌 망상이 일어나 나를 괴롭히지 않습니까? 누가 나를 괴롭히는 것보다도 내 마음에서 나쁜 마음이, 그 부질없는 허망한 마음이 일어나 나를 괴롭게 합니다. 그 병을 고치려고 참선을 하는 것입니다.

## 숙명통

욕심만 없으면 과거, 현재, 미래 삼세의 일을 다 알게 되는 숙명통을 얻는다고 합니다. 참말로 욕심이 아주 털끝만큼도 없으면 숙명통이라는 신통을 공부 안 해도 다 가지게 됩니다.

## 결제와 해제

해제라 하면 자유롭게 쉬라는 뜻이 아닙니다. 선지식을 찾고, 좋은 도반 찾고, 좋은 처소를 찾아가서 보다 공부를 잘하기 위한 것이 해제입니다. 참된 결제는 화두 탈 때이고, 해제는 견성할 때입니다.

절에서는 금방 결제와 해제가 돌아오고 하지만 그것은 껍데기 결
제이고 해제입니다.

## 도둑놈과 부처님

결제라는 것은 눈 도둑놈, 귀 도둑놈, 코 도독놈, 혀 도둑눔, 몸 도
둑놈, 분별 망상 도둑놈을 막고 금지해버리는 일입니다. 해제라는
것은 이 여섯 도둑놈의 알음알이로 일어나는 일체 망상을 깨달아
서 없애버리는 일입니다. 우리가 모르고 있기 때문에 여섯 도둑놈
이지만 깨쳐놓고 보면 눈 부처님, 귀 부처님, 코 부처님, 혀 부처님,
몸 부처님 등으로 변한다는 것을 알아야 합니다.

옛 사람들은 그날 해가 넘어가면 오늘도 성불하지 못했다고 다리 뻗
고 울고, 밤에 잠이 오면 송곳으로 자신을 찌르면서 공부했다고 합니
다. 그런데 요즘 사람들은 번뇌 망상으로 꽉 차 있으면서 몸뚱이를
자유로이 하는 해제만을 하려고 하니 부끄러운 줄 알아야 됩니다.

## 내 목숨 찾는 공부

이 고깃덩어리의 목숨은 내 목숨이 아니고 진짜 내 목숨을 찾는 공
부를 해야 합니다. 그러니 공부하다가 죽어버리면 수지맞는 겁니
다. 산다고 다행한 거 하나도 없습니다.

## 용맹정진

조사어록에 보면 용맹정진이 해태굴懈怠窟이란 말이 나옵니다. 용맹 정진을 잘못하면 용맹정진 자체가 반대로 게으름을 부리는 굴속이 되어버린다는 뜻입니다. 용맹정진한 것을 자꾸 살려 앞으로 나아가야 할 사람들이 용맹정진해놓고서는 피로하다고 게으른 생각을 내어서는 안 된다는 뜻입니다.

용맹정진을 쉬지 않고 계속해서 해나가면 피로한 것도 잊고 단련이 되어 힘을 얻게 됩니다. 용맹정진할 때는 사람만 힘든 것이 아니라 마구니도 힘들다고 합니다.

## 동중공부動中工夫

조용하니 앉아서 하는 공부는 분주한 데서 지어가는 공부를 따라올 수가 없습니다. 가만히 앉아서 하는 10년 공부라도 일하면서 익히는 3년 공부를 못 당합니다. 화장실에 가서나 밥 먹을 때나 어느 시간, 어느 곳에서든 하는 공부가 가만히 앉아 하는 공부보다 백천만 배 더 뛰어나다는 얘기입니다.

## 대중의 힘

부처님 당시에 부처님께서 천이백 제자를 모아놓고 물으시기를 "개개인의 공부를 대중이 얼마나 시켜주느냐"고 하니 아난존자가 일어나서 "대중이 반을 제 공부 시켜주는 것 같습니다"라고 했습니다. 그러자 부처님께서 "네가 알지 못했다. 대중이 네 공부 전부를 시켜주느니라."라고 말씀하셨습니다.

사람의 힘이 그렇게 무섭습니다. 여기 좋은 스님이 살고 있으면 저 윗방에서 공부해도 공부가 저절로 되어버립니다.

## 크게 숨는 법

불법은 자비가 위주가 되고 대중생활은 화합이 근본이 되기 때문에 수련자의 기본자세는 하심과 은거생활입니다.

은거법에는 두 가지 법이 있으니, 하나는 무인지경으로 보이지 않게 몸을 숨기는 것입니다. 이것은 작게 숨는 법입니다. 속가의 유서에도 '대은大隱은 시은市隱이다'라고 크게 숨은 것은 시장에서 숨는 것이라고 합니다. 참말로 위대한 사람은 사람 많은 시장판에서 숨는 법을 쓰되 인파 속에서 병신같이 보이며 공부합니다. 이것이 크게 숨는 법입니다.

사람 하나 없는 산골이라도 마음이 들뜬 사람은 서울 장바닥보다도 더 분주스러운 것이니, 분별심을 내면 물소리도 방해되고 새소리도 방해되고 바람소리도 공부에 방해가 됩니다. 그러나 서울 장안에 분주스러운 데에 가 있어도 공부해야 된다는 결정심이 있는 사람들은 마음이 서울에 있어도 산골보다도 더 조용한 것입니다.

## 공부의 장애
공부가 안 되는 원인은 대체로 세 가지가 있습니다. 첫째는 선지식을 못 만난 것이고, 두 번째는 나고 죽는 데에 무서운 생각이 없으니까 공부가 안 됩니다. 세 번째는 세간의 반연을 끊지 못하기 때문입니다.

## 부처님 죽이는 죄인
산목숨 죽이지 말라고 하면서도 우리는 날마다 부처님을 죽이면서 살고 있습니다. 우리는 날마다 성인을 죽이고 사는 사람들입니다. 한 생각 일어날 때마다 우리는 성인을 죽이는 것입니다.

　우리는 부처를 밤낮으로 죽이고 사는 사람들이니 죄 안 짓는 사람 하나도 없습니다. 참선하는 사람이라야 죄를 벗어날 수 있고 참선 이외는 살길이 없습니다. 그러니 "이 뭣고?" 하는 것만이 도 닦는 비법입니다.

## 어두운 마음, 밝은 마음
경에 이르기를 '한 생각도 일어나지 않는 것이 곧 무명을 아주 끊는 것이다'라고 하셨는데, 한 생각도 일어나지 않으면 어두운 마음이 그냥 다 없어져버리고 밝은 마음만 드러나게 됩니다. 일어났다가 없어지는 마음은 어두운 마음이지 밝은 마음이 아닙니다.

## 심검당

공부가 어째서 안 되냐 하면 칼이 무디기 때문입니다. 그래서 칼을 갈게끔 하려고 원당암에 심검당尋劍堂이라고 간판을 붙여놓은 곳이 있습니다. 그러니 자꾸 "이 뭣고?" 하면 숫돌에다 칼을 가는 식과 같습니다. 그 칼날이 서게 되면 성불을 하게 되어 있습니다.

## 무심

무심 공부는 배우려는 마음을 다 버리고, 마음을 쉬고 쉬어서 텅 빈 자리를 배우는 공부입니다. 그 텅 빈 자리를 알기 전에는 분별심이 나를 해치기 때문에 자유가 없고 고생만 합니다. 마음에 한 생각 내면 부처 죽이는 시간입니다. 사람을 살려놓고도 내가 저 사람 살렸다고 생각하면 그때 자기 부처가 죽습니다. 그저 생각만 나오면 죄가 됩니다. 그 한 생각이 나지 않으면 모든 법에 허물이 없습니다.

분별심은 생사윤회하지만 무심은 길이 나고 죽는 법을 다 해탈한다고 했으니 "이 뭣고?" 해가지고 착한 마음도, 나쁜 마음도 안 나오게 되면 그냥 거기가 극락입니다.

## 몸뚱이도 선방

선방만 선방이 아니라 참선하는 사람은 각각 자기 육체가 곧 선방입니다. 좌복 놓고 죽비 쳐주고 그런 선방만을 의지하지 말고 이 육신을, 자기 몸뚱이를 선방 삼으라는 겁니다.

## 참된 내 마음

나는 무한한 허공처럼 변함없고 죽지 않는 생명을 가지고 있습니다. 그리고 그 영원한 생명 속에 하늘땅보다도 더 큰 무한한 능력을 가지고 있습니다. 하늘땅을 우리 마음이 만들어놨으나 하늘땅도 내 마음에다 대면 물거품이나 모래알만도 못한 것입니다.

## 시방세계가 바로 나

부처님 말씀에 조그마한 허망한 나를 버리면 시방세계가 다 나로 변해버린답니다. 내가 나를 내세우니까 네가 있고 내가 있어 이렇게 괴로운 것이고, 이 조그마한 물건으로 변해버리는 거지, 나를 버려버리면 하늘도 나고, 땅도 나고, 하늘땅 속에 있는 만물이 다 내가 되어버립니다. 마치 파도가 꺼져버리면 바다로 변해버리는 것같이 내가 나라는 것을 버리면 시방세계가 내 몸뚱이 되어버립니다. 그러면 하늘 속도 알게 되고, 땅 속도 알게 되고, 귀신 마음도 알게 되고, 벌레 마음도 알게 됩니다.

허망한 나를 버리지 않았기 때문에 천하가 깜깜한 것입니다.

이상의 혜암스님 어록은 큰스님께서 80년대 중반부터 90년대 중반까지 주로 일반 신도들을
대상으로 한 법문 가운데 필자가 혜암스님 일대기 『가야산 정진불』을 집필하면서 소설 자료로
삼고자 필자의 어둔 마음을 환하게 밝히어 가슴에 각인된 말씀을 추려놓았던 것입니다.
듣는 이의 근기에 따라 더 좋아할 말씀도 있겠지만 다분히 필자의 알음알이 잣대로 가져온 것
이고. 가능하면 큰스님의 반복적인 어법과 어투를 그대로 살린 까닭은 큰스님의 기운과 자애
로움을 생생하게 느끼도록 한 것임을 알려둡니다.

# 산중 선객들의 사표, 가야산 정진불

- 1920년(1세) 3월 22일 전남 장성군 장성읍 덕진리에서 마을 유지로서 농사를 짓는 아버지 김원태, 어머니 정계선의 몸을 빌려 7남매 중 차남으로 태어나 속명은 김남영金南榮이었다.

- 1933년(14세) 장성읍 성산보통학교를 졸업하고 서원에서 한학을 수학했다. 동서양의 위인전을 즐겨 읽었고 어른들을 따라 백양사를 출입하며 스님들에게 불교경전 얘기를 자주 듣고 부처님을 동경하였다.

- 1945년(26세) 부모님의 허락을 받고 17세에 일본으로 유학하여 동서양의 종교와 동양철학을 공부하던 중『선관책진禪關策進』을 읽다가 발심하여 출가를 결심하고 귀국했다. 중국 선승들의 수행담을 기록한『선관책진』중에서 '마음'을 게송으로 표현한 것을 보고는 발심했던 것이다.

  나에게 한 권의 경전이 있으니
  종이와 먹으로 이루어지지 않았네
  펼치면 한 글자도 없으나
  항상 환한 빛을 발하고 있네.

- 1946년(27세) 경남 합천 해인사로 출가하여 인곡스님을 은사로, 효봉스님을 계사로 삼아 수계했다. 법명은 성관性觀으로 받았고 가야총림 선원에서 첫 안거를 보냈다. 화두는 무無 자 화두를 효봉스님에게 받았

다. 화두를 든 스님은 7일 안에 깨닫지 못하면 태평양 바다에 빠져 죽겠다는 각오로 정진했다. 『선관책진』에서 선승들이 근기에 따라 3일, 5일, 7일 만에 깨닫는다는 내용의 수행담을 믿었기 때문이다. 스님은 한결같이 한암, 동산, 경봉, 전강선사를 모시고 오대산 상원사, 금정산 범어사, 통도사 극락암 등 전국의 유명 선원에서 하루 한 끼만 먹는데 오후에는 아무것도 먹지 않는 일일일식과 오후불식, 등을 방바닥에 대지 않는 장좌불와 수행으로 용맹정진하였다.

▪ 1947년(28세)  경북 문경 봉암사로 가서 성철, 우봉, 청담, 자운, 도우, 법전, 일도 스님 등 20여 명의 스님과 왜색불교를 청산하고 수행자의 위의를 지키자는 청규를 정해놓고 '부처님 법대로 살자'고 결사했다.

▪ 1948년(29세)  김룡사 금선대로 가 정진하던 중 마음이 밝아져서 조사스님의 말씀에 걸림이 없어졌다. 이에 은사 인곡스님을 찾아가 선문답으로 점검을 받았다. 해인사에서 상월스님을 계사로 비구계를 받았다. 이후 오대산 상원사 선원에서 안거했다. 새벽범종을 치다가 화두일념에 든 스님을 보고 당대의 고승 한암스님이 크게 기뻐하였다.

▪ 1949년(30세)  범어사 동산스님을 계사로 보살계를 받았고 가야총림 선원에서 안거했다.

▪ 1951년(32세)  인곡스님으로부터 혜암당慧菴堂이라는 법호를 받았다. 법호를 내리는 인곡스님의 게송은 이러했다.

다만 이 한 가지 일을
고금에 전해주니
머리도 꼬리도 없으되
천백억 화신으로 나투느니라.

스님은 법호를 받은 뒤 동산스님 회상의 범어사 금어선원, 성철스님과 방구들을 파놓고 정진한 안정사 천제굴, 공비들이 출몰하는 설악산 오세암에서 3년 안거했다.

- 1954년(35세)  오대산 서대 염불암에서 일타스님과 정진한 뒤, 중대 적멸보궁에서 하루 삼천 배씩 일주일간 예참하고 기필코 견성성불 할 것을 서원하였다. 그런 각오로 태백산 동암으로 올라가 정진하는 동안 확고부동한 신심으로 득력得力하였다.

- 1957년(38세)  영하 20도의 혹한을 견디며 오대산 사고암 토굴에서 용맹정진 중에 대오했다. 이때 오도송은 이러했다.

미혹할 때는 나고 죽더니
깨달으니 청정법신이네
미혹과 깨달음 모두 쳐부수니
해가 돋아 하늘땅이 밝도다.

오대산 서대와 동대, 동화사 등에서 4년 안거했다.

- 1961년(42세) 오대산 북대와 남대, 해인사 선원, 경봉스님이 주석하는 통도사 극락암 선원 등에서 3년 안거했다.

- 1964년(45세) 묘관음사 선원, 천축사 무문관, 통도사 극락암 선원, 해인사 중봉암 토굴 등에서 3년 안거했다. 특히 통도사 극락암 선원에서는 경봉스님이 스님과 선문답으로 점검한 뒤, 극락암 대중들을 법당에 불러놓고 스님에게 절을 하도록 하였다. 이 소문이 전국의 선방으로 퍼져나가 이때부터 스님은 독자적인 가풍의 회상을 갖게 되었다.

- 1967년(48세) 해인총림 유나 소임을 맡았다.

- 1968년(49세) 지리산 상무주암, 지리산 문수암을 짓고, 전강스님이 주석하는 인천 용화사, 해인총림 퇴설당 등에서 2년 안거했다.

- 1970년(51세) 성철스님의 강권으로 해인사 주지를 4월에서 8월까지 맡았다.

- 1971년(52세) 봉암사 백련암, 남해 용문사 선원 등에서 3년 안거했다. 남해 용문사는 배를 타고 들어가는 섬 속의 절이었지만 전국의 선객들이 50여 명이나 구름처럼 모여들어 스님의 회상이 이루어졌다.

- 1973년(54세) 태백산 동암, 송광사 선원 등에서 3년 안거했다.

- 1976년(57세) 지리산 칠불암에서 안거 중 운상선원 중수하면서 문수보

살을 친견했다. 스님이 받은 게송은 이러했다.

때 묻은 뾰족한 마음을 금강검으로 베어내서
연꽃을 비추어 보아 자비로서 중생을 보살피라.

- 1977년(58세) 해인총림 유나 소임을 맡았다.

- 1978년(59세) 해인사 조사전에서 3년 결사를 했다. 이후 해인총림 선원
  에서 1990년(71세)까지 12년간 안거했다.

- 1980년(61세) 해인총림 유나 소임을 맡았다.

- 1981년(62세) 해인총림 수좌 소임을 맡았다.

- 1982년(63세) 지리산 청매조사 토굴 터에 도솔암을 복원하고 정진하였다.

- 1985년(66세) 해인총림 부방장이 되었다.

- 1987년(68세) 조계종 원로회의 원로의원이 되었다.

- 1991년(72세) 조계종 원로회의 부의장이 되었다.

- 1993년(74세) 조계종 원로회의 의장으로 추대되어 조계종 개혁불사
  改革佛事 때 개혁회의를 출범시키어 개혁종단을 탄생케 하고 이후에도

1999년까지 의장직을 수행하면서 종단의 안정과 지속적인 개혁을 위하여 많은 노력을 기울였다.

- 1996년(77세) 원당암에 우리나라 시민선방의 효시라고 할 수 있는 108평의 달마선원을 개원하여 안거 기간은 물론 매월 첫째, 셋째 토요일마다 전국 각지에서 찾아오는 불자들에게 참선을 적극 지도함으로써 선의 대중화, 생활화에 크게 기여하였다.

- 1999년(80세) 조계종 제10대 종정으로 추대를 받았다.

- 2001년(82세) 12월 31일 오전 해인사 원당암 미소굴에서 의자에 앉은 채 장좌불와 하는 모습으로 입적하셨다. 시자에게 남긴 스님의 열반송은 이러했다.

나의 몸은 본래 없는 것이요
마음 또한 머물 바 없도다
무쇠소 달을 물고 달아나고
돌사자는 소리 높여 부르짖도다.

———

행장에 소개한 게송의 원문(한문)은 본문 중에 나오므로 여기서는 생략하였음을 밝힙니다.

공부하다 죽어라

초판 1쇄 발행  2013년 1월 21일
초판 5쇄 발행  2022년 5월 18일

지은이  정찬주
사  진  유동영
펴낸이  정중모
펴낸곳  도서출판 열림원

출판등록  1980년 5월 19일 (제406−2000−000204호)
주소  경기도 파주시 회동길 152
전화  031−955−0700 | 팩스  031−955−0661
홈페이지  www.yolimwon.com | 이메일  editor@yolimwon.com
페이스북  /yolimwon | 인스타그램  @yolimwon | 트위터  @yolimwon

ISBN  978−89−7063−762−4 03810

● 책값은 뒤표지에 있습니다.

만든 이들_ 편집 강희진  디자인 주수현